Ute Apitz

Irjendwat is imma

Illustriert von Antje Püpke

Quintus

1. Auflage 2021

Binzstraße 19, 13189 Berlin
www.quintus-verlag.de

Umschlaggestaltung, Satz und Gestaltung: Antje Püpke, Berlin
Druck und Bindung: Finidr, s.r.o., Český Těšín
ISBN 978-3-96982-030-8

Inhalt

Eijentlich lebste doch eher spontan.
Machste dir allerdings doch mal 'n Plan
is et, als sei et wie vorprogrammiert,
umsonst, weil irjendwat imma passiert.
Und so is der schönste Plan schon verfranzt,
weil de den einfach nich einhalten kannst.

Anekdötchen

Rindviecher im Havelland

Wenn et Klärchen besonders jut meent, locken Abjeschiedenheit und Kuhkaffs Städter und meene Freundin Biene int Havelland. Und denn jeht's raus inne Pampa.
An so 'nem sonnendurchfluteten Tach jurkt'n wa zwischen de Felder rum, als mir 'n weißer, flimmernder Fleck inna Ferne janz meschugge machte.

„Ej, kiek ma, wat is 'n ditte?"
Biene kniff de Oogen zusamm'n:
„Was, wo?"
„Na, siehste dit nich? Dit weiße Dings da hinten?"
„Klar und deutlich. Bin ja nicht blind."
„Hab ick ooch nich behauptet."
„Ich hab das im Blick, die ganze Zeit schon.
'ne weiße Kuh! Was sonst?"
„Wat? 'ne Kuh?" Ick konnte nur wat waberndet Weißet inna Landschaft seh'n. „Nee!"
„Doch!" Biene bestand uff ihre Ansicht:
„Ich sehe doch ganz deutlich, wie die sich bewegt."
„Quatsch! Eene eenzije Kuh, so janz alleene uffn Acker? Wer stellt 'n seine Kuh mitten uff de Scholle, int Nüscht?
Und außerdem hat hier keener nur eene Kuh."
Biene jab ihrer Behauptung Futter:
„Vielleicht war da ein zu penetranter Bulle und die Kuh ist ausgebüxt!?"
„Auwacka, denn is die ja bestimmt nich anjepflockt!? KuKaKee! Da isse wieder!"
„Wer, wie, wo, was?"
„Meene frühkindliche Angst vor Kühen. Weeßte, meene Oma hat mir mal in Urlaub nach Hiddensee mitjenomm'n. Da war'n Kühe haufenweise uff de Wiese, über die wa immer zum Essenfassen drüber mussten. Und damit dit kleene Hosenscheißerchen an Omas Seite bleibt, hamse dem einjetrichtert, dit Kuhpupse een umhau'n, 'n Kuhschwanz-Striemen uff de Backe peitscht und 'n Rindvieh im Jalopp dir platt macht."

„Ist jetzt nicht dein Ernst, oder?"
„Ey, da war ick erst sechse und deshalb hab ick die Viecher fünfmal größer in Erinnerung, als die eijentlich sind."
„Mach dich nicht lustig über mich!"
„Ick mir über dir? – Die Bilder inna Omme ham grad meene Amygdala aktiviert und damit meen'n Fluchtimpuls. Ey, Biene, komm, lass uns umdreh'n."
„Nix da, Kinderkram. Ich muss heute noch meine zehntausend Schritte schaffen!"
Perplex trottete ick weiter hinterher. Kann mir einfach nich durchsetzen ... Und uff eenmal, janz plötzlich, war se wech. Ick meene die Kuh. Und dit in diesem total unwägbaren Jelände. Adrenalineinschuss. Ick drehte ma paarmal um mir selbst, kiekte hinter mir, vorder mir ... und sah schon vor mei'm inneren Ooge, wie wa uns mit de Kuh, ad hoc Ooge in Ooge jejenüber ...
Da stotterte dit aus mir raus:
„Kkkkkuh? Kuh? Wo is die Kuh?"
Biene beölte sich:
„Jedem Tierchen sein Pläsierchen!" Ick bläkte zurück:
„Die rennt uns übern Hauf'n! Ey, weeßte eijentlich, wie arschjefährlich wild jeword'ne Rindviecher sind?"
„Ach, hör doch bloß auf, rumzuzetern. Wo soll die Kuh schon sein?"
„Hinterm Busch oder ... wat weeß denn ick?!"
Biene stapfte weiter:
„Ach was, hat bestimmt nur den Kopf zum Grasen unten!"
Und schon juuchte se los:
„Da kuck, kuck, da ist sie wieder, die weiße Kuh."
Okay, dacht ick, schlecht kieken kann ick ja jut und sah wieder nur 'n weißen Klecks, der inna Sonne strahlte.
Also hoffte ick, diss meene Freundin 'ne bess're Sicht uff de Dinge hat. Schließlich hatte se de Kuh ja in echt jesehen.
Nachdem wa denn 'n janzet Ende weiter um 'n paar Büsche und 'ne Biejung sind, verlor'n wa de Kuh janz und jar ausn Oogen.
Ick wieder jefang'n inna Panikattacke, und als wa rum warn und ick ängstlich im Rundumblick den Acker absuchte, stand'n wa beede, wie vom Blitz jetroff'n, grad wie de Kuh vorm Tor. Besser jesaacht wie zwee Kühe!

Saacht eene zur andern:
„Siehste ooch nich, wat ick nich sehe? Mysteriös, oder!? Weit und breit keene Kuh in Sicht. Verscholl'n inna Ackerkrume?"
Bienes Kommentar:
„Gut getarnt, oder?"
'n Stücke weiter vor uns stand an Stelle der weißen Kuh 'n Schild.
'n schnödet weißet Schild uffm schiefen Stiel.
Wir kiekt'n uns fragend an. Hat de Sonne dit Weiß nur reflektiert? Oder …
„Vielleicht is dit 'ne Warnung?"
„Wovor? Vor fliehenden Kühen etwa?"
„Mach da nich lustich über mir, fliejende Kühe ...!"
„Dann eben ausgebüxte!"
„Adlerooge, sei wachsam!"
„Du hast die doch auch gesehen, oder?"
„Hmm."
Kneisternd versuchte ick die Hinterlassenschaft uffm Schild zu deuteln.
„Bullshit, ick seh nur Krickelkrackel."
Biene las breit grinsend:
„Achtung, freilaufende Rindviecher! Wenn das Rindvieh kommt, auf den Boden legen und auf Hilfe warten. Wenn keine Hilfe kommt – viel Glück – "
Wir schwiejen uns 'ne Weile an und brach'n in tierischet Jelächter aus. Biene hakte ma unter und wir macht'n uns uffn Heimweech.
„Ej, weeßte, diss de inna havelländischen Pampa immer mal wieder uff Renntiere triffst!? – Ick meene: Wegrenntiere! Karnickel, Rehe ... Hey, vielleicht war dit 'n Hinterteil vom Reh, wat wa jeseh'n ham. Man, da wirste alt wie 'ne Kuh und lernst immer noch dazu."

’ne Autorin denkt

Ickweeßnich, ickweeßnich, ickweeßnich, wat haste da wieder verzappt?! Ob dit so jut is?
Jut, der Anfang is nich schlecht ... aber ... schon komisch!?
Eijentlich nich jenuch, von wejen Pointe. Eher ’ne Po-Ente!
Jenau jenomm’n jeht’s nach hinten los. Aber wer nimmt heutzutare schon wat jenau? Äh, na, ach, verjisset – äh ... schon passiert!
Wo war ick gleich?
Hach, ickweeßnich, ickweeßnich, ickweeßnich.
Kommste da nich von hinten durch de kalte Küche!?
Küche – Hunger!
Haste eijentlich noch Brot? Nee, ick gloobe nich.
Wo is ’n jetz der jute Jedanke vom Anfang? Blub, weg, oh, hör uff!
Dit is doch immer ditselbe – oder war et dit Gleiche?
Ach, dit is doch wurscht.
Hm – Wurscht. Inna Not schmeckt de Wurscht ooch ohne Brot.
So und nu hab ick ma aber verwurschtelt.
Wo issa denn nu wieder? Der wunderbare Jedanke von ... ?
Hachduschreck, schon so spät? War da nich ’n Termin? ...
Nee! Nur jut. Aber jetz ran anne Bouletten.
Hm, Bouletten!
Ick brauch ’n andret Wort für ... oh nee, oder doch?
Mist, ick hab ’n Klops inna Birne.
Verflixt und zujenäht, ick hänge fest.
Also, nochma von vorne.
Ickweeßnich, ickweeßnich, ickweeßnich ...

In VerZuch

Diese Jeschichte spielte sich in 'n Neunzijern des letzten Jahrhunderts ab. Im Heute würde se schon uffjrund der technischen Entwicklung 'nen völlich andern Verlauf nehm'n.

Ick war kurz vor de vierzich, Mutter eener pubertiernd'n Halbwüchsijen, und meen Lebensmittelpunkt war Frankfurt (Oder).
Da bin ick nach da Lehre häng'njeblieb'n.
Und nu beabsichtichte ick, nach'm Familientreffen bei meenen Eltern im Brandenburgischen unweit von Berlin, meene blauäugije Jugendliebe uffzufrisch'n.
ADOLAR!
Wenn der mir anjefunkelt hat, jing so 'n Zieh'n bis hintern Bauchnabel rin und det Blut aus de Birne raus.
Deshalb war et eijentlich jesund, dit wa uns aus 'n Oogen verlor'n hatten. Blöderweise jeisterte der mir immer wieder mal durch de Jedanken und denn zooch et meene HerzKRAMPFjefäße zusamm'n und mir zu dem hin.
So, und nu endlich war et soweit. Meene Flamme ADOLAR war jeneicht, mir zu treffen. Und ick schmachtete dem fieberhaft entjejen.
Ja, ooch Mütter könn'n Bedürfnisse und Sehnsüchte hab'n, die sich nich alleene durchs Muttisein befriedijen lassen.

Allerdings hatte meene Nachkommenschaft eijene Pläne, keen Bock länger bei Oma und Opa abzuhäng'n und bestand vehement uff ihre Heimreise.
So spielte ick die wohlwoll'nde Nachjebemutti und beschloss, meen Kind lassen zu lassen.
Außerdem war et schon damals 'n taffet Persönchen und kam durchaus janz jut alleene zurecht.
So chauffierte denn dit Mütterlein mit 'n Trabbi ihr'n Sprössling nach Berlin zum Bahnhof Karlshorst, von wo aus stündlich Personenzüje Richtung Heimat tuckelt'n.
Die jeplante Abfahrt fiel in 'n Vormittach, meen Rendezvous mit ADOLAR, uffn frühen Nachmittach, und somit hätte der Tach

unbeschwert verloofen und in ein'm romantischen Abendessen, und wer weeß wat sonst noch, münden sollen.
Wer mich kennt, weeß, uff Ute is Verlass!
In jeder Hinsicht, leider ooch in Punkto Verzuch. Schon kurios.
Wie sehr ick mir ooch bemühe, dajejen anzujeh'n und, wenn denn noch öffentliche Verkehrsmittel involviert sind, multiplizieren sich Zeitnot und Hektik um een Vielfachet.
So hatt'n wa denn ooch vom Eintreffen am Bahnhof bis zur Abfahrt des Zuges wieder Mal nur wenije Minuten.
Hastich schälte sich dit Mutter-Kind-Jespann aus de Pappe, und dit Stress jeübte Mütterlein tönte uffjereecht:
„Null Problemo, dit schaff'n wa! Hier haste 'n Autoschlüssel!
Hol dein Jepäck selber raus, aber verjiss nich, de Karre abzuschließ'n.
Ick hol dir inzwischen 'ne Fahrkarte. Flotti galoppi, ...", und wetzte selbst im Sauseschritt zum Fahrkartenschalter, denn de Treppe hoch uffn Bahnsteich, flink noch de Karte jelocht und perfekt jeteimt trafen sich beede am Zuch. Muttertier schob's Pubertier in 'n Wajong, die jeknipste Karte inne Hand, 'nen flüchtijen Kuss uffs Bäckchen und sprach noch:
„Pass uff dir uff, lass da nich blöd anquatsch'n und nimm nüscht von Fremden! Tschüssi!"
„Tschüssi!"
Zurücktreten, tuftuf, winke, winke und weg war'n se, die Bahn, dit Kind und ...
Uff! Erledicht.

Stressabfall. Schweljen in so'm Glücksjefühl und über so 'n jut jerat'nen und eijenständijen Nachwuchs. Und jetze,
ADOLAR, ick komme!!!

Vorfreude – schöne Freude.
Seufz, im Runterhopps'n vonna Bahnhofstreppe. Griff inne Jackentasche, rechte, linke, ruckartijet Steh'n, hektischet Kram'n, Zweifel, kalter Schweiß und ...
Oh, nee, abjefahr'n! Dit kann nich wahr sein ... Der Zuch, Richtung Polen, wech; und mit dem fährt vom Jefährt der Schlüssel.
Weg issa.

Dit noch eben so jelobte Kind fiel im Jeiste schlachartich in Ungnade.
Wat 'n nu?!

Vorüberjehender Blackout. Aber krisenerprobt und optimistisch zeichte sich rasch dit Orjanisationstalent eener Macherin. Münzfernsprecher uffjesucht (denn ooch de mobile Telefonie steckte noch in 'n Kinderschuh'n) und 'n nächst'n Schlüsseldienst ausfindich jemacht. Der forderte mir uff, ick möje doch mein'n Nachschlüssel hol'n.
Haha witzich ...

Der hing am Schlüsselbrett in Frankfurt (Oder).
Selbst der ADAC verweijerte, die Tür'n meines Pappkamerad'n uffzumach'n.
Außer ick hätte die einjestanzte Schlüsselnummer parat.
Maaan ey, dit kann doch nich so schwer sein, 'ne Trabbitüre ...
Is nich wahr, oder?

Na jut, schnell noch ADOLAR anjerufen, der allerdings nich selbst anne Stippe kam, nur de Mutti. Nee wa!? ...
Ejal, Hauptsache erstma Bescheid jesaacht.
Aber wie nu weiter? Aus da Fassungslosichkeit schoss 'n Jeistesblitz!
De Bahn is doch bestimmt 'n fortschrittlichet Unternehm'n und hat ihre Züje mit Sprechfunk ausjestattet ...

Also Treppe wieder hochjehechtet und nix wie zum Bahnhofsvorsteher. Die Situation war schnell jeschildert, ooch in welchem Abteil, uff welchem Platz sich dit Kind niederjelassen hat und die lösungsorientierte Bitte vorjetragen:
„Pass'n Se ma uff, ick hab mir jedacht, dit der Zuchführer doch nur zu meener Tochter jeh'n bräuchte, sich den Schlüssel jeben lassen müsste, um den denn uff eenem der Haltebahnhöfe 'nem Mitarbeiter weiterzureichen."
Dazu muss man wissen, dass zu jener Zeit die Bahnhöfe ooch alle noch bemannt war'n.
„Und der jibt den Schlüssel denn dem Zuchbejleiter des entjejenkommenden Zuges, so dit ratzifatzi der Schlüssel wieder uffm Weech

hierher und bei Ihn abzujejeb'n wär. Wissen Se, wat ick meene? Janz einfach, oder?"
Der Mann war bemüht mir zu beruhijen und erfraachte zunächst erstma den Namen des Kindes.
„Dana heeßt se, Dana Apitz, A, P, I, T, Z! Woll'n Se wissen, wat se an hat? Man bin ick froh, oh, dit is ja so toll, so wat von toll ...!
Und det dit so einfach und überhaupt, wenn ick mir dit überleje, nee also ehrlich, und wenn Se wüssten, wat dit fürn Schreck, also eijentlich ..."
Blablabla.

Der Bahnhofsvorsteher stoppte mein'n Redeschwall mit:
„Nu bleiben Se mal janz unuffjereecht!"
Hoffnungsfroh flüchtete ick in meen Koppkino zu ADOLAR.
Ick und mein einfachet Denken. Zwee Züje später krichte ick mit, dass uff den Bahnhöfen lediglich erfolglos Durchsagen jemacht wurden: „Dana Apitz möge sich weeß ick wo melden."
Von wejen fortschrittlich, Sprechfunk und so ...!?

Mies jelaunt machte ick mir uff zum Münzer, denn währenddess'n dürfte nu ooch dit Schlüsselkind seine Heimstatt erreicht hab'n.
Zu Hause hatt'n wa zum Glück schon Telefon und nach na jefühlt'n Ewichkeit denn endlich dit erlösende:
„Hallo? Hä? Mutti? Wat 'n los? Wat? Im Zuch? Wer? Wo? Nö! Wieso? Wat is denn? Wat fürn Schlüssel? ... Vom Trabbi?! Uuups!"
Peinlichet Jekicher.
Bewusst hatte se keene Durchsagen wahrjenomm'n, sondern nur 'n vernuschelt'n Klang von ihr'm Namen, wat se als Sinnestäuschung abjetan hat.
Ick war sehr bemüht, dit im Bauch uffsteijende Jejrummel zu ignorier'n:
„Pass ma uff, meene Kleene, ick setz mir jetz in 'n nächst'n Zuch nach Frankfurt, und du kommst bitte ooch uffn Bahnhof! Und bring bitte den verdammten Schlüssl mit!
Allet klaro? Supa! Bis denne!"
Hätt ick ja ooch gleich ..., aber jut, hätte, hätte Fahrradkette ...

’ne Stunde später ließ ick mir uffm Bahnsteich in Frankfurt dit Corpus Delicti aushändijen, um postwendend vom Jejengleis in Richtung Berlin zurückzutuckeln.
Mit mein’m Schlüssel zum Glück!

Und so stand ick mit Stunden Verspätung denn endlich vor ADOLARs Haustür und ...
War nur die Mutti da.
So een’n wie den ADOLAR lässt man nich wart’n.
Erwachsene Männer, die bei Mutti leben, oha! Hm?!

War doch ’n echtet Schlüsselerlebnis!
Zuch um Zuch in Verzuch, aber jerade noch rechtzeitich.

Wenn eene eene Reise tut

Mit 'nem eijenen Fahrzeuch unterweechs zu sein, bedeutet pure Unabhängichkeit. Da spiel'n fünf Minuten keene Rolle. Eijentlich.
Da ick im Rejelfall immer erst so uffn letzt'n Drücker loskomme, hab ick in meiner autofreien Lebenszeit unzählije Züje, Busse und Straßenbahnen verpasst.
Dit hat mir den Ruf eener chronischen Zuspätkommerin einjebracht. Da wirste schnell von Pünktlichkeitsfanatikern als unzuverlässich, respektlos und faul abjestempelt.
Inzwischen jibt dit dazu Studien, die hab'n ma rehabilitiert.
Die besagen, det oft mehrere Dinge gleichzeitich erledicht werd'n und nur deshalb dit Zeitjefühl verlor'n jeht.
Und außerdem sind diese Spezies Optimisten.
Dazu kommt noch, dass Widderjebor'ne der zweeten Dekade, so wie icke, dit Zuspätkomm'n mit inne Wieje jeleecht kriejen. Also trage ick jar keene Schuld an mein'm chaotisch'n Zeitmanagement.
Und mit diesem Hintergrund war ick besonders happy, als ick mir an een'm Septemberwochenende uffn Weech zu 'nem Sitzungstermin nach Thüringen machte und meene vier Buchstaben bei Zeiten aus 'm Haus uff de Autobahn beweecht jekricht hab.
Endlich konnt ick allen Unkenrufen trotz'n und mit Pünktlichkeit mal protz'n.
So weit, so jut. Navi jefüttert und los.
Drei'nhalb Stunden bis Schmiedefeld, und ick wär überpünktlich ankomm'n.
Aber wie dit so is. Mir war dit nich jejönnt. Irjendwat is imma.
Schon nach zwanzich Kilometern der erste Stau, denn gleich 'n zweeter und noch 'n dritter hinterher.
Zu mein'm Wutjeheul brach'n de Wolken uff und schüttet'n sich über mir aus.
Nu hatt ick doch, sage und schreibe, für die ersten fuffzich Kilometer volle anderthalb Stunden verbrat'n. Mein Zeitpuffer war uffjebraucht. Vorzeitijet Eintreffen hat anscheinend in mein'm Karma keen'n Raum.
Na ejal. Die nächsten hundersiebzich Kilometer flutscht'n immerhin erst ma locker flockich vor sich hin.

PARIS
ROM
ERKNER

Olle Klärchen war mir wieder zujetan und ick in froher Hoffnung wenichstens pünktlich anzukomm'n.
An de Abfahrt zur A9 in Richtung Saalfeld lootste mich dit Navi runter uff de Landstraße.
Mit Echtzeitverkehrsinfo wird's schon wissen warum, dacht ick. Aaaaaber der Kerl aus mein'm Navi wusste nüscht vonna Vollsperrung in Saalfeld, von den janz'n Umleitungen mitt'n durch de Maisfelder, keene Ahnung von Baustell'n und Sackgass'n und jeschweije davon, det plötzlich die Straße aus war.
Wutausbrüche en gros, als die Knalltüte von Navi nach'm Wenden nich uffhör'n wollte mit sein'm permanent penetranten:
„Wenn möglich, bitte wenden! Wenn möglich, bitte wenden!"
Und passend zu meiner finstren Laune zooch sich der Himmel wieder zu und wie aus'm Nüscht 'ne fette Nebelwand hoch.
'n Platzrejen prasselte uff mir ein. Dit trommelte so laut uffs Dach, dass et mein Fluchen förmlich verschluckt hat. Ick beschimpfte den Kerl im Navi, ach wat, ick brüllte den derb nieder, bis meine eijene Stimme versaachte.
Ick hatte null Ahnung, wo uff dieser Welt ick steckte und weeß bis heute nich, wie ick dem Impuls, dit Jerät mit Schwung uffn Asphalt zu donnern, widersteh'n konnte.
Wat soll ick sag'n!? Nach jeschlag'nen neun Stunden trudelte ick leicht irre und ausjehungert da ein, wo ick fünf Stunden vorher sein wollte.
Und wie sollte dit ooch anders sein, bei Ankunft hat mir keener abjekooft, dass ick dem Navi erlejen war. Meen Ruf war mir vorausjeeilt.
Inzwisch'n weeß ick, wat passiert is.
De Tunneloption war raus.
'ne Woche zuvor hat' ick 'ne Freundin im Auto, die mit mein'm Navi rummachte, damit ick dit nich während der Fahrt tue.
Sicher is sicher!
Und die muss mir de Tunneloption wegjespielt hab'n.
Durch Thüringen ohne Tunnel ...
'n Wunder, det ick überhaupt anjekomm'n bin.
Dit ahnungslose Ding is keen NAVI, sondern 'n NAIVI.

Mein erstet Mal

Mit de Jahre werd ick nich nur schusselicher, sondern ooch vergesslicher. Bis uff de Vorkommnisse, die sich einjebrannt ham.
So ooch mein allerer stet Mal.

Wie integrierste dich am besten nachm Umzuch inne andre Stadt, anna neuen Schule, in een über Jahre jewachs'net Klassenkollektiv? Vor allem, wenn sich keener für dich int'ressiert.
Ick wollte zu jern irjendwo dazujehör'n. Und so liebäujelte ick denn mit den viel int'ressanteren Zehntklässlern.
Nu muss man wissen, dit ick eijentlich 'n sojenannter Spätentwickler war. Mit Fuffzehn sah ick aus wie 'ne Dreizehnjährije und versuchte trotz meener Schüchternheit, mit frecher Klappe Uffmerksamkeit zu heisch'n.
Keen Wunder also, dit ick damit nur jenervte Sprüche erntete, wie: „Keen Arsch und keen Tittchen, sieht aus wie Schneewittchen" oder „Ey Püppi, zieh Leine, DAFÜR biste noch zu kleine."
Äähä? Dafür? Wat is DAFÜR?
Ejal, ufffall'n um jed'n Preis, Sicherheit vortäusch'n, Ängste überspiel'n, inna Hoffnung, irjendwann doch dazuzujehör'n.
Da erjab et sich, dass ick 'ne Freistunde und zeitgleich 'ne Oberstufenklasse Unterrichtsausfall hatt'n.
Im Labern und Blödeln sammelte sich 'ne Clique Jugendlicher, icke mittendrin, und wir landet'n am Bahnhof vor da Mitropa-Kneipe.
Die hatte 'n Außen-Klo, welchet vornehmlich jemied'n wurde, außer von denen, die unbeobachtet sein wollt'n.
Und jenau da isset denn passiert.
Ick war ja noch völlich unbeleckt, stand da, wie hinbestellt und nich abjeholt und hab erstmal nur zujekiekt.
Wie die so rumfummelt'n, eh allet ausjepackt war und wie mancher dit zelebrierte bis dit Ding zwischen Daumen und Zeijefingern zurechtjemacht war, eh et zur Sache jing.
Andre leechten den Kopp in Nacken und jenossen in tiefen Atemzüjen. Und denn kam's ...

Eener sprach mir an:
„Ej, Kleene, willste ooch ma? So wie de kiekst, haste noch nie und keene Ahnung von Tuten und Blasen, oder?!"
Ick überspielte den Kloß im Hals und log, dat sich der Balken bog.
Der Typ ließ nich locker:
„Na denn komm her, dit will ick seh'n! Hier greif zu!"
Mir wurde himmelangst und bange, aber ick dachte nur, Oogen zu und ..., so 'n Ding jeschnappt, unbeholfen inne Jusche jesteckt, jezogen, jepustet und mehr oder wenijer dran rumjenuckelt; wat natürlich zu ironischen Witzeleien führte.
Aber dit war mir schnuppe. Entweder Vereinsamung oder dazu jehör'n.
Wat sollt, so war dit damals. Gruppendynamik halt.
Und ab da war ick eene von denen.
So fängt dit an, denn machste dit immer öfter und schon biste süchtich.
Und wehe, dit is mal nüscht greifbar.
Da quatschste in deiner Not schon mal wen Wildfremdet an.
Laster verbinden ja ooch.

Übrigens bin ick grad uff Entzuch.
Aber eijentlich könnt ick schon wieder ...
Ooch ejal, uff die eene Zijarette kommt's nu ooch nich mehr an.

Oderspazierjang

Zu der Zeit, als ick noch in Frankfurt (Oder) residierte, bin ick mit meene Besucher immer anne Oder. Wat sonst willste in dieser Stadt noch vorzeijen? So also ooch mit meiner Schwester.
Beim Rumschlendern meente die nach na Weile, dass se nich jedacht hätte, wie schön et hier anna Elbe sei.
Icke druff: „Ick gloobe, ick hab ma verhört ey, dit is nich die Elbe, wir sind anne Oderwiesen!“
Meene Keule kiekte so, als ob se't selber nich jemerkt hätte.
Wenich später schwärmte se erneut von der unglaublich schönen Natur anna Elbe und ick verbesserte erneut uff:
„Oder!“, wo se denn schon selber stutzte.
Den wiederholten Lapsus konnt'n wa uns nur mit 'ner unterschwellijen Erinnerung an Schwesters Studienzeit in Dresden erklär'n.
Seltsamerweise entfuhr ihr immer wieder Elbe statt Oder, diss wa uns schon beede drüber beeumelt'n.
Aber irjendwann hat's ma denn doch jenervt, dit ick stampfenden Fußes losjebläkt hab:
„Wie oft soll ick et dir noch sagen, dit is die Donau, die Donau, die Donau!“
Meene Keule konnte kaum noch an sich halten. Nu war et ooch mir passiert.
Wie kommt so wat? Wir krichten uns vor Lachen kaum noch ein und meene Keule gluckste spottend in mein erstauntet Antlitz:
„Da sagt die Donau zur Elbe, oder?“

Von wejen jut behütet oder
Wie eene von meene Trullas bei mir uffschlug

Also, früher, wie ick noch inna Stadt, im dritten Stock eener Mietskaserne hauste, da war et dit Normalste der Welt, dass Knall uff Fall wer unanjemeldet uff da Matte stand.
Heute saachste dir ja vorsichtshalber an, um ooch jar nich zu stör'n.
Na, jedenfalls hat mir anno dups wieder eene von meene Trullas uffn Sprung beglücken woll'n, die denn ooch leibhaftich uffschlug.
Dazumal war dit üblich, dass erst anna Haustür sturmjebimmelt, und wenn oben die Wohnungstür uffjing und 'n „Hä?" zu hör'n war, in 'n Flur hochjejrölt wurde:
„Icke bin's!"
Derweil „Ickebins" unterwejens war, konnt'ste dir schon mal umt Kaffeewasser kümmern.
So ooch an besaachtem Tach.

Icke gleich ran an Jasherd, Streichholz anjezündet, untern Pfeifkessel jehalten und just in dem Moment rumste dit so mörderisch im Hausflur, det ick mir schon mit da Jasleitung um de Wette hab fliejen seh'n.
Ick kieke, staune, wunder mir, flitze in Flur, reiß uff de Tür und ...?
Olle „Ickebins", also Hütchentina, vom Vorfall scheinbar unbeeindruckt, hangelte sich de letzten Stufen am Jeländer hoch.
Verdutzt fraacht' ick se, wat dit ehmt fürn fürchterlicher Rums war?
Da schniefte se mir grinsend entjejen:
„Och, der Hut is bloß zu Boden jejang."
Dadruff icke total verpeilt:
„Wie jetz, der is aus Stoff und nich aus Stahljeflecht!?"
Da schob se mir grinsend inne Küche, ließ sich uffn Küchenstuhl plumpsen und japste:
„Na ja, als der uff de Treppe purzelte, steckte ja mein Kopp noch drunter!"

Der Würjer

Ick muss mir ma out'n!
Ick steh ... nich grad uff Schlipsträja. Nee! Hochzeit, Tanzschule ok. Aber am helllichten Tach 'n Typ in Schlips und Krag'n? Freiwillich? Na, ick weeß nich. Die Frage is doch denn, Zeuje Jehovas, Klinkenputzer, Versich'rungsfutzi, Verkäufer oder Jeldhai?
Na ja, wer ruiniert denn die Welt? Na, Krawattenheinis! Oder wat?
Rum wie num, so 'n Fatzke hat mir doch tatsächlich ma so richtich zum Kochen jebracht.
Nich erotisch, ha?! Ooch nich ernährungstechnisch, nee!
Int Jejenteil. 'n echter Kotzbrocken.
Also, ick mit Auto uffn Weech nach Hause, im Jeiste inna Planung eines Gaumenschmauses vertieft, fahr nebenbei int Wohnjebiet ein, wat 'ne Einbahnstraße war und will jewohnheitsmäßich meene Karre abparken. Da steht doch vor een'm Hauseinjang, quer inna Kurve, mitten uff da Straße, so 'n fetter Schlitten, so 'n richtijet Schaukelsofa, mit weit offenstehender Fahrertüre.
Erst ma stehste. Stehst und kiekst und kiekst. Wird ja gleich eener komm'n. Denkste!
Wird doch keene Entführung sein!? Krichste ja ständich inna Glotze präsentiert ...
So, ick also raus und 'n kräftijet „Haaallooo?" in Hausflur jebläkt. Rücklauf null.
Nu is blöd rumsteh'n nich so meins. Hab ick also ma kurz uff alle Klingelknöppe ..., aber ooch ohne Erfolg. Ick wieder ab in meene Nuckelpinne und jehupt.
Nach na jefühlten Ewichkeit wackelt so 'n Typ in Hemd und Krawatte zu mir rüber und keift blöd grinsend in mein runterjekurbeltet Seitenfenster, dass ick wohl zu doof zum Autofahr'n sei, typisch Frau, die eh zu dämlich zum Einpark'n is.
Lass mir doch von so 'nem Fuzzi nich provozier'n, zumal mir sein Schlips, so 'n farbenfroher Würjer, schier fesselte und 'n inneret Grinsen machte, wat so jar nich zum äußeren Ernst pass'n wollte.
Und so forderte ick nu überfreundlich aber vehement, dasser sein Jefährt, also mein Ärjernis, doch bitte ...
Der denkt jar nich dran und fängt so 'n janz jemeinet Machtspiel an.

Na, da steh ick ja besonders druff.
Bin ick raus, demonstrativ hinter sein Schlitten, um dit Kennzeichen zu protokollier'n. Damit hab ick den Pinsel erst richtich rausjefordert. Anstatt der Idiot sich in seine Anjeberkutsche verflühmt und losknattert. Nee! Dit war wie, wenn ick Zucker in sein Tank jekippt hätte.
Ick ma inzwischen Zähne knirschend wieder in mein Wägelchen verfatzt, da postiert der sich in Drohjebärde wieder vor't Seitenfenster und saacht so von oben runter:
„Ahh, is ja 'ne ganz Schlaue. Sie will mich doch nicht etwa anzeigen? Na, woll'n doch mal sehen, wer hier wen anzeigt. Na los, beschimpfen Sie mich doch. Ich kenn den Bußgeldkatalog in- und auswendig. Na los, na los ..."
Wackelte dabei fächelnd mit 3 Fingern und glotzte fies fordernd und erfolgsorientiert in mein Antlitz: „Na, na, na ...!"
Die jemeinsten Schimpfworte schossen mir durch de Birne.
Nee, ick lass ma nich uff so 'n Niveau runterzieh'n!
Der Typ dreht doch eh ab und verschwindet da capo im Hausflur, ohne sein Jefährt, jeschweije denn die Türe ooch nur een Zentimeter zu bewejen.
In Jedanken entjiftende Bilder, die sich zwischen de SIE's deponiert'n: Sie (Ratte), Sie (Vorel), Sie (Arschloch), Sie (Pimmelträjer).
„Siesiesie ... Schlipsträger!!!", flutschte dit aus meiner Jusche.
Dem Herausforderer wich die Farbe aus da Fratze.
Treffer und versenkt! Beleidicht, ohne zu beleidijen. Dit tut jut!
Ick saach ja, Schlipsträjer!

Bruchstelle

Meene Tochter und ick sind uns eijentlich sehr zujetan.
'n bisschen kritisch wurde dit allerdings inna Pubertät.
Wat mein Täubchen bis heute jar nich leiden kann is, wenn ick se mit Kosenamen betit'le, wie Schnullabacke, Zuckaschnäuzchen, Schnurzelpurzl oder Schnuckiputzie.
Und wat überhaupt nich jeht, wenn ick ihr bei irjendwat dazwischenfunke. Die besteht vehement uff ihre Eijenständichkeit.
Und beim Umzuch in ihre erste eijene Butze, rang se mir 'n Versprech'n ab: Ick dürfte niemals, NIEMALS, so wie et anscheinend einije Muttis ihrer Freundinnen taten, in ihrer Bude putz'n.
Dit Versprech'n fiel mir nich sonderlich schwer, wenngleich et mir anfänglich, bei meenen wenijen Besuch'n, doch immer mal wieder inne Finger kribbelte.
Eines schön'n Tages kehrte ick (im wahrsten Sinne des Wortes), nur mal so uffn Sprung (die Autorin kann sich 'n Grins'n nich verkneif'n) und um eijentlich nur wat abzujeb'n, bei meene Kleene ein. So wat machen ja Mamis jern, aus Sorje, det Jör könnte vielleicht doch nich selbstständich überleb'n.
Uff jeden Fall (die Autorin kichert) wurde mir, mit wenich Beachtung, verdreht'n Oog'n und 'nem jeringschätzijen „Hallo" die Tür jeöffnet, um sich gleich wieder abzuwend'n und sich weiter irjendeener Tätichkeit zu widmen, bei der ick anscheinend jerade störte.
Mit festem Schritt latschte dit Muttertier rin und ruff uff so 'n kleen'n Läufer und sauste, wie uff 'nem fliejenden Teppich, durch 'n Flur. Selbst dit erschreckte Juchzen schien ignoriert zu werd'n.
Nur mit Mühe und Dank der Architektur konnte 'n Sturz und im schlimmeren Fall 'n Knochenbruch vermieden werd'n.
De Ursache vonna Rutschpartie war schnell jefund'n.
Sand unterm Läufer.
Uff de Unfallquelle und deren Jefahr uffmerksam zu machen, hätte mir nur 'n abfällijen Widerspruch einjebracht. So entschloss ick ma, fraglos aus überlebenstechnisch'n und unfallverhütend'n Gründ'n, den Dreck zusammenzukehr'n.
Durch diese Maßnahme wurde mir Uffmerksamkeit, aber ooch

Unwill'n des Nachkömmlings zuteil, der mir nun, außer sich vor Empörung, schwer'n Vertrauensbruch vorwarf. Ick gloob, von da an ha ick nie wieder unuffjefordert Hand anjeleecht.
Allerdings, eene Frage blieb offen:
Ob im Falle eenes Falles 'n Knochenbruch den Vertrauensbruch verhindert und vielleicht dit Bewertungssystem des Teenagers in andere Bahnen jelenkt hätte?

Hinfällich

Schönes Wetter lockt Städter gern ins Umland, in die pure Natur. Mutter, Vater, Kind machen im Sonntagsstaat einen Frühjahrsspaziergang auf einem Feldweg.
Die Eltern halten sich verträumt bei den Händen, das Kind tänzelt fröhlich um sie herum.
Mit vorsichtigen Schritten versucht die Mutter die auftauenden Eispfützen zu umgehen. Das Kind hingegen trällert vergnüglich vor sich hin, hüpft, rutscht und stolpert durch den Matsch.
Mehrfach holt die Mutter tief Luft, zischt dabei und schimpft besorgt drauflos:

„Man ey, pass doch bloß uff, ick seh da schon inne Pampe liejen. Mein Jott, dieset Jör, kann ja nich ma freihändich loofen und wenn et denn uff de Jusche knallt, is dit Jebrüll wieder jroß!"

Und schon durchdringt ein spitzer Aufschrei die ländliche Idylle. Einige Atemzüge später ergießt sich eine Lachsalve.
Vater und Kind strecken der beschämten Mutter ihre Arme entgegen und helfen ihr auf die Beine.

Horror im Treppenhaus

Wie so häufich nach 'm Dunkeltut'n, olle Icke bettfertich vorm Fernseher und zieh mir 'n Krimi rin: 'ne Tussi räkelt sich unter de Dusche – kurzer Bildwechsel – 'n vermeintlicher Ganove schleicht umt Haus und macht sich anna Hintertür zu schaff'n – fieset Jejeige unterstreicht Jefahr ...
Da rumpelt wat an meener Wohnungstür! Schlachartich fall' ick in Gruselmodus. Hab ick Hallus oder wat? Ick gloob, ick spinne ...
Uff Socken und in jebückter Haltung schleich ick in mein'n finstren Flur, die Lauscher janz weit ausjefahr'n, verharre 'ne Weile in so 'ner Angstpose, aber – hör nüscht weiter.
Jerade, als ick mir wieder uffrichte, jeht so 'n Kratzen, so 'n Scharren los und denn so 'n dumpfet Jejen-de-Tür-stoßen. Erst war et janz unten anna Tür, denn mal so uff halber Höhe und immer wieder so 'n Buff dajejen.
Boh ey, is mir da anders jeword'n. Noch 'n halben Schritt bis anne Türe, lucki, lucki durch'n Spion und seh ... nüscht, allet duster. Meine Pumpe ackert wie blöde bis inne Bauchhöhle rin.
Ach, wat red ick, pure Angst in allen Gliedern! Ick fraare: „Hallo, ist da jemand?" Keene Antwort. Is ooch 'ne Antwort, denk ick. Aber da, wieder so 'n Scharren. Nu war ick mir ja sicher, diss da Wer oder Wat war, aber wer war Wer oder Wat? Ick red mir jut zu: „Nur Mut, bist doch 'ne taffe Frau ..."
Da schießt ..., da schießt mir so 'n schriller Weiberschrei durch Mark und Been. Man ey! Boh! Icke inne Stube.
Die Olle im Krimi! – Rennt nackich, kreischend durch dit Haus, jejaacht vom Einbrecher und da ... na klar, immer wedeln die Weiber im Film chaotisch mit de Arme rum und denn – stolpern se.
Oh, nee ey! ... Oh, oh, jetz, jetz hat er se gleich!

– Werbepause –

Hhm, na toll. Draußen uffm Flur wieder seltsamste Jeräusche, die sich mir nich erschließ'n woll'n.
Ick kloppe von innen jejen de Wohnungstür und rufe: „Jehn se weg da!" Erst ma Ruhe.

Nach na Weile jeht's wieder los, 'n Scharren bis uff halber Höhe vonna Tür und denn, als ob sich Wat oder Wer dajejen schmeißt. Maaaan, wat mach ick 'n bloß? Polizei? Nee. Aber vielleicht hat meene Freundin 'ne Idee!?
Ick schleich zurück inne Stube. Im Fernseher 'n Handjemenge im Dunkeln und grausliche Musik, die in mein'm Zustand voll rinhaut. Mir schlottern de Knie' und 'n kalter Schauer looft mir übert Kreuze. Ick ant Telefon. Nach etlich'n abjejang'nen Rufen die jenervte Stimme meener Freundin:
„Wer stört? ... Maaan musste grade jetze ..."
Schreie und Jepolter in Stereo ...
Beede stutzen wa, bis wa merken, wir kieken ditselbe Programm.
Ick stottere drufflos, erzähle und ende mit:
„Ick habe Angst!" Da fängt die an zu lachen:
„Is doch bloß 'n Film!" Die war wohl ehmt völlich abwesend und nur uff ihr'n Krimi fixiert.
„Manno!", keuch ick und fordere ihre volle Uffmerksamkeit ein und saach, wat Sache is ... Dadruff sie:
„Ey, vielleicht nur 'n Besoff'ner, der vor da Tür liecht? Oder 'n Verletzter, der nich mehr sprech'n kann?"
Ick denke, Quatsch, wer würde sich erst in 'n dritten Stock schleppen? Oder macht sich irjendwer 'n makabren Scherz mit mir?!
„Ey, dit könnt ja ooch 'n Alien sein!", haut se raus.
„Klar!", antworte ick, „Vielleicht ooch 'n Wildschwein!"
Vor so 'n Keiler fürcht ick mir nämlich am meisten.
„Aber wieso grad bei mir? Und wenn, würde dit im janzen Haus randalier'n und nich nur bei mir. Denn würden die übrijen Mieter ooch wat mitkriejen. In den beeden andern Wohnungen uff meener Etage rührt sich aber nüscht."
Die Freundin tröstet mir, wenn de Tür abjeschlossen is, sei ick sicher und könnt ooch jetrost schlafen jeh'n.
Sie könnt mir da jetzt ooch nich helfen. Ick soll ihr morjen erzählen, wie et ausjejangen is. Sie will jetz ihr'n Krimi kieken.
„Uuuund tschüss." Na toll.
Als ick wieder in 'n Flur rinhorche, hör ick doch die große Tür knarren. Daußen, vom Sicherungsschrank gleich neben meiner Wohnungstür.

Hilfe, jetzt macht sich dit Wesen ooch da noch zu schaffen.
Wenn dit Ding mir nu de Sicherung rausdreht?!
Vorsichtshalber bewaffne ick mir mit da größt'n Taschenlampe, die mein Haushalt herjibt. Da ballert et mir durch 'n Kopp – die hat ja so 'n Jewicht, die könnste ooch als Waffe nutzen.
Mit dem Jedanken hab ick ma gleich sich'rer jefühlt. Und kurz dadruff, da hat da mir denn tatsächlich übermannt, mit da Taschenlampe im Arm, der Schlaf.
Vom Fernsehkrimi hab ick nüscht mehr mitjekricht.
Und als ick denn am nächsten Morjen wieder zu mir jekomm'n bin und die Funzel hab neben mir liejen seh'n, war ick gleich wieder kurz vorm Herzkasper.
Durch 'n Spion war ooch bei Lichte nüscht Außerjewöhnlichet zu seh'n. Hab ick de Wohnungstür uffjeschlossen, jewartet, Spion jekiekt, allet ruhich. Klinke jaaaanz langsam runter, jehorcht, allen Mut zusammenjenommen, 'n winzijen Spalt uffjemacht, rechts, links jekiekt. ...
Keen Alien, keen Wildschwein, keen Besoff'ner und ooch keen Witzbold. Luft war reene, also icke in Hausflur.
Da rappelt dit im Stromkastenschrank.

„Huaaaahh!“, losjebrüllt. Im ersten Schreck jejen de Schranktür jeballert und zujehalten. Schauderschrei und Knall ham die andern Bewohner in ’n Hausflur jelockt, die nu fraarend in mein weißjefärbtet Antlitz glotzten, aus dem bloß so Wortfetzen purzelten:
„Da is wat, wat, wat, wat lebt ...?!“
Eene beherzte Nachbarin schiebt mir beiseite und sich an meene Stelle. Langsam knarrend jeht de verzogene Schranktür uff, de Nachbarin kiekt dahinter, icke dreh mir weg und halt ma de Oogen zu und die andern Hausjenossen halt’n de Luft an.
Uff eenmal atmen se alle aus.
„Huaaaahh!“ Und mir jeht wat Haarijet um de Beene.
Ick reiß quietschend de Oogen uff und da raast ’ne schwarze Fusselrolle, wie ’ne besengte Sau, die Treppen runter. Booooh ey!
Der fette Kater aus’m Nachbaruffjang, vonna selben Etage, hat sich im Hauseinjang jeirrt.
Da soll mir noch mal eener sagen, irren is menschlich!

Jut jeteilt ist halb jewonn'n!

Nach 'm Umzuch uffs Land.

Da sitzt de nu, in dein'n kleenen Jart'n, j. w. d., mitten inna Pampa und mutterseel'nalleene, unterm brandenburgisch'n Stern'nhimmel und so 'n janz lauer Sommerwind wedelt dir um de Neese.
Dit schnuppert nach ... so Mischmasch von Sand, Blüten und Kiefern. Am Feldrand steh'n lauter Pappeln, die laut babbeln.
Dit hört sich an, als wenn die mit'nander tuscheln.
Lästerpappeln eben.
Wenn de de Oogen zumachst, könnste mein'n, da rauscht dit Meer.
Oh, dit wär wat, wenn hier Meer wär!
Denn wär't ooch gleich mehr wert. Dit wär't noch! Auweia!
Jenau, 'n Weiher, klein und fein, die Havelländer Billichvariante.
Und schon hörste vom Tümpel unten de Unken unken.
Hähähäh ... witzich! Komisch, immer wenn et besonders ant Herz jeht, wirste komisch ...
Na ja, ejal. Da sitzt de nu – hörst de Grillen zirpen und 'ne Nachtigall trällern. Die hat ooch keen mehr abjekricht und versucht sich een ranzuzwitschern. Eijentlich singt ja da dit Männchen.
Wenn de 'n Vöglein wärst, flögste zu ihm. Oder?
Weil's aber nich kann sein, zwitscherste dir 'n Rotwein ein.
Und da jeht dir so wat von een Licht uff, diss gleich der janze Jarten dadrin badet.
Wo kommt 'n dit Licht her? Du hast 'n Schatten!?
Uff de Terrasse, von de Palmwedel.
Der Mond leuchtet dir heim. So 'n Quatsch, bist ja schon heeme.
Irjendwie unwirklich.
'n uralter Sommerhit klingt dir im Ohr: „Der Sommerwind, er hat gespielt mit deinem Haar ..."
Phlox und Stockrose wiejen sich im Wind und Cosmea schmust 'n Rittersporn.
„... Und dazu sang der Sommerwind."
Über dir blinken de Sterne.
Meine Fresse, is dit schaurich schön so uffs Dorf.
Und allet nur für dich alleene?

Olle Paule kuschelt uff dei'm Schoß und schnurrt wat dit Zeuch hält. Man, wie dit vibriert. Is dit jeil. Ey, dit is soo irre ...
Komisch, mit Frust kommste besser klar. So janz alleene jlücklich sein, dit jeht ja jar nich! Dit is ja kaum auszuhalten.
Schnell wat essen oder 'ne Zijarette – Wegrauchen hilft immer.
Und die versunk'nen Jedanken versinkste in Rotwein.
„Mein Jott, ist dit schön hier! Paule kiek doch mal!"
Der zieht nur seine Beißschienen zum Gähnen aus'nander, latscht und trittelt uff dir rum, dreht sich dreimal im Kreis, zieht sein'n Schwanz ein und rollt sich jelangweilt wieder zusamm'n.
Irjendwann, spät inna Nacht looft dit Füllhorn über.
Manno, wen kannste bloß um so 'ne unanständ'je Uhrzeit noch anrufen?
Da fällt dir deine Freundin Carmen ein, die is ooch 'ne Nachteule. Die klingelste an und da plätschert dit ooch gleich aus dir raus:
„Carmäääään, sorry, haste schon jepennt?
– Nee?! Oh jut. Jeht's dir jut? – Jut!
– Mir? Joa, jut, dass de fraachst. Mir looft grad dit Herz über. Ick üb ma im Jenießen. Maaan, is dit schau hier! Sooo richtich doll schön. Kaum auszuhalten, so schön is et. Ey, dit tut ja richtich weh. Dit lässt sich nich ma wegrauchen und dit Jemeine is, vom Wein seh ick dit nu ooch noch allet doppelt. Ick muss et jetz teilen, sonst jeh ick kaputt.
Carmen? Hallo? Hallo, Carmen?"
Oh nee, ne, Akku alle!

Mein Alter macht's nich mehr!

Wenn de dir schon mal uff wen oder wat verlässt, denn biste verlassen. Und dit is nich dit erste Mal, dass der jerade denn, wenn janz viel ansteht, wat janz dringend und janz schnell jemacht werden muss, anfängt zu spinn'n.
Wat hab ick nich allet versucht?!
Bin vor ihm uff de Knie jejang'n, hab ihm jut zujeredet, liebkost, anjebetet, anjebrüllt – hat allet nüscht jebracht.
Wir war'n anscheinend nich für'nander jemacht.
Ick versteh dit nich!
'n Stau hat er jehabt.
Wie kann dit so plötzlich aus'm Nüscht komm'n?
War doch allet wie immer! Und zack, issa blockiert.
Da hat sich bei mir ooch gleich wat jestaut, Wut, Zweifel und Ärjer!
Am liebsten hätt' ick 'n anne Wand jeklatscht, bloß so wat bringt ja nüscht. Denn is ja gleich allet im Eimer.
Mir is ooch rein jar nix mehr einjefall'n, wat ick noch hätte ausprobier'n könn'n.
Vorher, da hab ick den fast jeden Tach anjemacht und schon jings los. Ohne, det ick viel an dem rummachen musste. Dit lief.
So wat findste ooch nich an jeder Ecke.
Und von een Tach uffn andern looft nüscht mehr.
Ick kapier det nich.
Na jut, eijentlich war er ja schon 'n bisschen inne Jahre jekomm'n, aber wat soll't.
So, und mit een'm Mal stehste vor der Frage, ob sich dit wieder in Ordnung bringen lässt oder nich? Ick trenn mir eijentlich nich gleich, nur weil et mal nich funktioniert.
Eh ick mir wat Liebjewordnet aus'm Herzen reiße, jeb ick allet – nur nich uff. Aber in unser'm Fall musste ick denn doch einsehen, dat et aussichtslos war. Und nachdem ick dit realisiert hab, bin ick uff de Suche jejangen und hab ma nach wat Neuem umjeseh'n.
Also, dit is ja heutzutare ooch nich ohne.
Der Eene war mir viel zu groß, 'n Anderer hat Sachen jemacht, mit den'n ick so jar nüscht anfang'n konnte, und denn war da noch Eener, der war anjeblich so 'n Alleskönner.

Brauch ick so wat?
Ick bin ja nu ooch nich mehr so knusper und hab da so meene Vorstellungen.
Und vor allem, wie wirste den Alten wieder los?
Einfach so vor de Tür stell'n is ooch nich mein Ding.
Mal janz im Ernst – is dit nich Sondermüll?
Frustriert kehrte ick bei na Freundin ein, um mir auszuheul'n.
Und wat soll ick sagen!? Zufälle jibt's, die jibt's jar nich.
Da holt die doch ihr'n Alten aus'm Keller, den se schon lange los sein wollte und machte mir und sich 'ne Riesenfreude damit.
Und ick bin froh, det ick nich mehr im Laden doof rumsteh, weil ick nich weeß, nimmst 'n Tintenstrahl-, Patronen-, Laser-, Toner- oder hochufflösenden 3D-Drucker?
Und wat, bitteschön, sind Cyberdeals?
Aber wat laber ick?!
Hab doch 'n tollen Deal jemacht und toitoitoi, der ihr Alter looft wie jeschmiert. Immer noch!

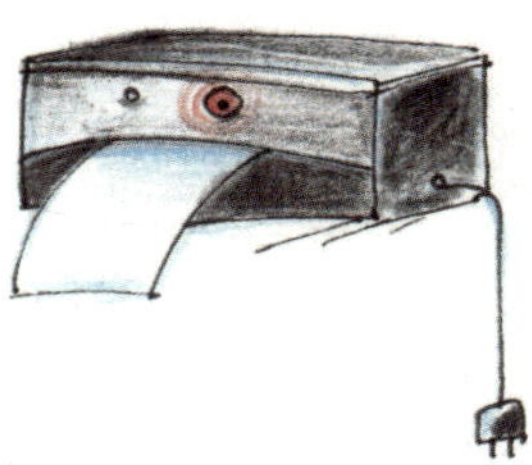

Meine Freundin hat'n Vogel

In vielen Frauengesprächen geht es häufig um körperliche Veränderungen, Defizite, Tricks und Hilfsmittel gegen Fältchen und Fettansammlungen. Während eines solchen Telefonats offenbarte sich die Eine, dass sie endlich das mit den Linsen in Angriff nehmen werde. Darauf die Freundin:

„Ach, kiek ma an, wat fürn Zufall, ick war doch grad bei so 'ner ayurvedischen Beratung und da is mir ooch jesaacht worden, dass Linsen und für mich besonders rote, jut sind und besser verträglich als braune ...

Wie? – Für de Oogen?
Ach so, so wie Möhr'n? – Wollt schon fraren, da weeß man ja, die sind für de Oogen ... aber Linsen ooch?

Wie nu? – Also, essen für besser kieken oder ruffpapp'n für de Optik wie bei Jurkenscheib'n und Teebeuteln?? Oder wie?
Ey, wie krichst'n de Linsen uff de Oogen? Kullern die nich runter? Kochste die und machst 'n Brei ruff oder wie oder wat? ...

Nich?

Wie ... jeläsert!? – Und dit jibt denn 'n Brei, den de uff de Oogen?

Wie kommste druff, det ick dir nich richtich zuhöre?! ...

Ach! Nee, oder? – Dit hab ick nich jeschnallt. Stare!? Und ick dachte immer, dit sind Raben, die de am Fenster fütterst.
Wie nu und jeläserte Linsen sind für Vöjel jut oder wat? ...

Wat heißt hier, du Vorel?

Von wejen – altersstarr.

Alt, grau ...

Ach, nich ick?

Wat haste? 'n Grauen? – Wovor?

Ach, 'n grauen Star? – Du hast ja wohl 'n Händchen für Vöjel. Raben, Stare und überhaupt, seit wann sind Stare grau?

'ne OP? – Wieso, wat hat denn der Vorel? ...

Wat laberste andauernd von Linsen? ...

Deine!? Ja und? ...

Du hast wat? – 'n GRAUEN STAR! Ups."

Hintajründich

Wortfindungsstörung

Ick speiste mal wieder mit mir alleene beim Vorstadtgriechen und empörte mich innerlich über dit Jebaren des vermeintlichen Hausherrn, der übertrieben freundlich vor den Jästen den dicken Max raushäng'n ließ, die Kellner niedermachte und dabei eijentlich dem Personal nur im Weje stand.
Die Werbung versprach: Griechische Gastlichkeit sowie exzellenten Service, wat der despotische Wichtichtuer ad absurdum führte.
Ooch am Nebentisch debattiert'n 'n paar Frauen über den sein unanjebrachtet Verhalten.
Eene von den Mädels, hatte 'n enorm ausjeprächtet Mitteilungsbedürfnis.
Aber kaum wandten sich ihr die Begleiterinnen zu, entwich ihr nur noch 'n stöhnendet:

„Aaachhhh ... Man, wie heißt 'n dit, wat so 'n Typen jenau beschreibt. Dit Wort, dit liecht mir uff da Zunge ... fängt mit A an ..."
Jebannt hielten alle inne und warteten uff weitere Ausführungen.
„Manno, dit beschreibt so 'n Affen jenau. Wisst da doch, so 'n, so 'n ... Ahhhh ..."
„Arschloch", rief eene kichernd.
„Ja, nee, mit den dit immer eskaliert. A, Au, Aut, jenau, mit Aut, mit Auto ... fängt dit an."
„Autonom", warf 'ne andre ein.
„Nee, dit bin ick ja, aber dit Wort, wat ick suche, bin ick nich!"

„Wat, du bist 'ne Autonome? Sind dit nich so Radikale?"
„Quatsch, dit bedeutet nur Unabhängichkeit."
Die Wortsuchende betete dit Alphabet vor sich her und jubelte:
„Auto ...! Nee, Autor, Autoriiii ..."

„Autorität!", rief wer in die Runde.
„Nee, 'ne Autorität is ja wat Jutet, dit wär ick ja selber jerne, aber dafür tät ick mehr autorisiert sein soll'n. Hihihi.
Dit Wort, wat mir fehlt beschreibt nüscht Jutet, aber jenau den Macker da. Warum verweijert sich mir dit verdammte Wort?"

Weiter grübelnd wandten sich ihr Blick nach Innen und die Diskutanten ander'n Themen zu.

Unvermittelt ließ mir 'n heller Juchzer uffschreck'n.
„Ick hab's!", quietschte dit am Nebentisch: „Autoritär!"
Doch die Freude blieb unjeteilt.
Lächelnd prostete ick ihr zustimmend mit 'nem Ouzo zu und dachte: „Ach, wie jut ick dit kenne."
Nich selten bleib'n meene Jeschicht'n uff da Strecke und ick vonna Wortfindungsstörung blockiert.

PegaSuses Dichterquelle

Ick fahnde als Verdichterin, nach Reimworten und Hintersinn.
Tschecke Jedanken, ab und an, find ick, wat ick verdichten kann.
Dabei kam ick, jeküßt von Muse, uff den Namen PegaSuse.
Nu erzähl ick 'ne Jeschichte, wo ick sagenhaft verdichte.

Bei 'n Griechen jab's 'n Flüjelross, die Kreatur hieß Pegasos.
Bei 'n Deutschen reichlich unbekannt,
weil hier wird's Pegasus jenannt.
Nur jut, sonst, nebenbei bemerkt, würd' mein bekanntet Lyrikwerk
nich „PegaSuse" heißen, nee, 'ne „Pega-Soße" wärt, oh je.
Na, jedenfalls war dieset Ross – nu mythologisch „Pegasos" –
Medusas und Poseidons Jör. Dit weeß ick janz jenau, ick schwör!

Der Meeresjott is fremd jejang'n. Na, im Olymp is dit ja Jang
und Jebe, so wie Hass und Liebe. Irjendwer schlug ab die Rübe
und aus Medusas Schlangenkopp spritzt Blut
und dadraus im Jalopp
sprang dit bereits jenannte Pferd,
wat sich um Blitz und Donner schert.
Weil beedet olle Zeus wollt hab'n.
Warum, wieso, kann ick nich sag'n.

Da ahnt noch keener wat davon, dass im Jebirje Helikon,
nu der Jaul, der Hippokrene, tritt, mit seine krumm'n Beene.
Besser jesaacht mit Huf laatscht Dell'n,
in Zeusens spät're Dichterquell'n.
Sogleich floss reichlich Schöpferkraft,
aus der 'n Dichter Dichtung macht.
Nich um 'nen Loch zu stopfen, nie! Dichtkunst is Lyrik – Poesie!

Die Dichtkunst ward jebor'n und Pegasus valor'n.
Weil, nochmal treten musst er nich,
die Schöpferkraft bereits entwich.
So hatte der nüscht mehr zu tun und flatterte nur noch so rum
und kam denn ooch in Kurzarbeit und hatte plötzlich janz viel Zeit.

So traf er denn Bellerophon und dieser war als Enkelsohn
von dem bekannten Sisyphos, mal Jast bei Könich Proitos –
dessen anjetraute Käte er blöderweise mal verschmähte.
Dadrüber war die sehr pikiert, hat ihn beim Gatten anjeschmiert.
Und der wünschte nu ohne Grund,
seinem Rival'n den Tod an 'n Schlund.

Nüscht ahnend kricht Bellerophon nu von Proitos Schwiejasohn,
King Iobates, uffjetragen, so 'n paar Jeschöpfe dotzuschlajen.
So 'n Ziegenlöwenschlangenvieh, wat Leute fraß und Feuer spie,
die Amazon'n und 's Nachbarvolk.
Dit war't, wat der bekämpfen sollt.

Doch ohne Hilfe jeht nich viel,
drum kommt der Jaul wieder int Spiel.
Mit dem erleecht, in aller Ehre, der Rivale die Chimäre.
Aus da Luft mit Pfeil und Bogen, gloom Se 't mir – is nich jeloogen,
ham die mit Links und über Nacht die Amazon'n plattjemacht.

Und weil die Order nich verpfuscht,
gloobt man, die sei'n von Zeus jepuscht.
So wird Bellerophon verschont, vom Kontrahenten ooch belohnt.
Der schenkte ihm sein halbet Reich, samt mit seiner Tochter gleich.

Die war'n glücklich bis ant Ende, denn flooch Pegasus behände
zurück zu sein'm Produzent, der später ihn am Firmament
ließ funkeln nun aus Dankbarkeit und bis in alle Ewichkeit.
Als Sternenbild am Himmelszelt erfreut dit Flüjelross die Welt.

Und ick hoff, ick erfreute Sie, mit dieser, meiner Poesie.

Opas Lebensmotto

„Morjenstunde hat Jold im Munde“ – mein Opas Lebensmotto. Seine Gene ham bei mir allerdings versaacht.
Meene Morjenstunde hat Blei im Hintern. Und der kommt morjens ooch nur mit raus, weil er muss.
Denn hockt der nich selten uff da Schüssel, ohne dat wat passiert. Et kommt nämlich vor, dit ick nur träume, uffjestanden zu sein, oder aber ick denke, ick träume, dabei sitz ick längst uffm Klo.
Da ick nie sicher sein kann, halt ick ma zurück und trickse mir inzwischen selber aus.
Wenn ick raus muss, mach ick dit eene Ooge uff, und wenn ick unsicher werde, ooch dit andre und bin sofort voll da.
Ansonsten könnt ick hinterher dit eene wieder zuklappen und weiterpenn'n. Außer, der Wecker piept.

Und manchmal wird so 'n Jeräusch sojar im Traum verarbeitet.

Icke uff 'ner Felsklippe, 'ne quiekende Bestie greift an und schubst mir in 'n Abgrund. Mipm Fuß bleib ick an irjendwat hängen und fang ma mit da rechten Hand ab.

Autsch!
Ick spürte 'n heftijen Schmerz inna rechten Hand und fand mir desorientiert am Bettjestell bammelnd, mipm Fuß inna Bettdecke verwurschtelt.
Mit een'm Ooge konnt ick bei zukieken, wie die Pfote anschwoll, bis die wie 'n uffjeblasener Jummihandschuh aussah.
Im selben Moment jab sich mein Blasenmuskel jelöst, und 'n nich mehr uffzuhaltendet Rinnsal erjoss sich.

Rammdösich eierte ick int Bad.
Ruckartich ausjebremst knallt'n Omme und Tür an'nander.
Scheiß Flatterärmel. Der hatte sich uff de Klinke jefädelt und mein achtzich Euro teuret Nachthemd war, ritschratsch, 'n unbrauchbarer Fetzen Stoff.

Nachm Duschen machte ick mir uff zur Küche, int unt're Jeschoss, griff im Jehen mein Morjenrock, verhedderte mir mipm Jürtel und schoss granatenmäßich uffm Hintern die Stufen runter, direkt inne Blumenbank.
Soviel zum Blei im Hintern.
Meene olle Katze, anjelockt vonna frischen Blumenerde, wurde jeschäftich. War ooch schon ejal.

Und schon durchfuhr der nächste Schreck meene Glieder.
Entsetzt starrte ick uffn Küchentisch, uff de Einladung der Arbeitsajentur. „... kommen Sie um 8.30 Uhr in die Agentur für Arbeit ..."
Auweia, dit hatte ick nich uffm Schirm. Dit wird eng.
Man ey, als ob die nich wüssten, diss 'ne kreative Arbeitslose nich früh int Bett jeht, sondern erst Früh.
Dit machen die mit Absicht, die wollen ma umerziehen.
Wat soll's, inna Ruhe liecht de Kraft!
Erst mal 'n Pott Kaffee. Zukünftich achte ick einfach besser uff mir.
Vor Bejeisterung sprudelte sojar schon dit Kaffeewasser.
Die linke Hand packte den Pott und die uffjeblasne rechte den Wasserkocher.
Aaauuaaa. Na, suuupa.
Dit kann doch nur 'n Albtraum sein.

Aber nee!
Kaltet Wasser, Panthenol-Spray und 'n dicker Verband brachten ma zurück inne reale Welt.
Ick schielte kurz int Schlafzimmer und vom Nachtschrank aus grinste mir Opas Sprichwort an: „Morgenstund' hat Gold im Mund!"
Ick keifte zurück: „Wer länger schläft, bleibt ooch jesund!"

Wenich später raaste ick anjefress'n zum Bus und flutschte jerade noch so, zwischen de sich grad schließenden Tür'n durch.
Pfff. Jeschafft.
Und schon stand blöd grinsend 'n Kontrolleur vor mir und kommentierte meen'n verzweifelten Versuch, mit de zwee bandagierten Pfoten dit Portemonnaie zu grabschen, mit:
„Ganz schön abgebrüht!"
Wenn der jewusst hätte ...
Anna nächsten Haltestelle hat da ma ausjesetzt.

War nich mein Tach!
Die Zeit rannte, ick ooch.
Seitenstiche, umjeknickt, hinjestürzt – auaaua, die Äppel sind so sauer ... ick ooch.
Mit ufffällijer Verspätung und total abjeäschert hinkte ick die Treppen von besaachter Örtlichkeit hoch, stolperte int Büro. Meene Handtasche flooch in hohem Bogen, dit Portemonnaie purzelte raus und ick vor meen'n Fallmanager.
Dit jab der Bezeichnung gleich 'n echten Sinn.
Während ick uff all'n Vier'n meene Habe zusamm'nkramte, hörte ick von oben herab uff mir niederprasseln:
„Guten Morgen! Soviel ich weiß, sind wir um achtuhrdreißig verabredet."
Na toll, dacht ick, hab ick ja mei'm Ruf wieder voll Ehre jemacht.
Da schiebt der Amtsschimmel hinterher:
„Gute Frau, allerdings erst morgen! Und überhaupt, ist es nicht nötig, dass sie mir so zu Kreuze kriechen."

Fazit: Wenn de am Boden liejend nach na Hand suchst, die da uffhilft, siehste doch nur Ärsche.

Advent

Rein zufällich streifte mein Blick den Kalender.
Du heilijer Bimbam, wir ham ja Dezember.
Oh Schreck! Und dit saacht mir mit ohne Jebimmel,
jetz jeht's wieder los, dit Weihnachtsjewimmel
uff de Straßen, im Radio, inne Jeschäfte
wird's nervich und zehrt janz schön anne Kräfte.
Die Zeit raast noch schneller als se sonst schon verrennt.
Kaum hast' dit jetscheckt, issa um, der Advent.

Ick will dit ooch jar nich erst weiter verdichten
und außerdem jibt's schon jenüjend Jeschichten:
von jeklaut'n Weihnachtsbraten, Familienkrächen, Attentaten
uff wattebärt'je Larvenmänner, johlende Weihnachtsliederkenner,
von abjebrannten Weihnachtsbäumen,
stimmungsvoll jeschmückten Räumen,
falscher Gaben, missglückter Kuchen,
einsamer Seelen, die dit Leben verfluchen
im Glitzer und Glämmer blinkender Sterne
und Umsatzzahlen mancher Konzerne.

Jespielte Freude, jekrichte Jaben,
die keener braucht – jeschweije will haben,
verklärte Märchenwochenzeit,
beschaulicher Besinnlichkeit.
Eijentlich wollt ick da drüber nüscht schreiben,
weil ick liebe und hasse jenau dieset Treiben:
„Ihr Kinderlein kommet“, „Oh Tannebaum“,
„Süßer die Glocken“, ein Weihnachtstraum,

„Fröhliche Weihnacht“, „Stille Nacht“,
„Oh du fröhliche“ weiße Pracht …
In die lass ick ma fall’n (falls se fällt),
wedle scheinbare Spuren
von abjestürzten Jahresendflüjelfijuren.
Üb mir jedet Jahr neu in Jelassenheit,
versäume trotzdem die Weihnachtszeit!

Weil: Ick habe immer so viel zu tun,
eh ick soweit bin, is Weihnachten rum.

Neujahrs-Oratorium (Allet nur jeklaut)

Hallo – Guten Abend, gute Nacht – Seid willkommen, liebe Gäste
Ich wünsch' ein glückseliges neues Jahr

Auf, auf zum Kampf – Auf, lasst uns das alte Jahr begraben
Nun höret zu und schweiget still

Es ist für uns eine Zeit angekommen
Winter ade – Der Frühling naht – Waldeslust

... ging im Walde so für mich hin – Ach, du lieber Augustin
Bald fällt von diesen Zweigen – Oh

Tannenbaum – Ade, du lieber Tannenwald
– Ade, du liebes Waldesgrün
Lass doch der Jugend ihren Lauf – Die Welt ist offen
– Zur Sonne, zur Freiheit

Die Türen aufgetan – Hört die Signale
– Kein schöner Land in dieser Zeit – ... die mit uns zieht

Bambule – Der Plumpsack geht um
Wacht auf verdammte – Alle Vögel sind schon da

Mahnah Mahnah

Und weil der Mensch ein Mensch ist – Nie nett
– Immer, immer wieder – Schwein sein

Warum nur, warum – Lieb Vaterland – Wachet auf,
... wachet auf – Aber der Wagen, der rollt

Still ruht der See
's ist alles lauter Falschheit

Vorwärts und nie vergessen

Deutschland, Deutschland über alles – Eia Popeia ...
Trotzdem – Give Peace a Chance – Wunder geschehen

Freut euch des Lebens
Lasst uns froh und munter sein
Am Ende ist's doch gar nicht schwer

Hallo, Frau Wirtin, schenke ein – Seht die Gläser winken
Trink'n ma noch a Flascherl Wein – Lasst uns fröhlich trinken

Noch einmal ruf ich – Atemlos – Aus meines Herzens Grunde
Krambambuli – Ein Ruf ist erklungen

Ade, nun zur guten Nacht – Die kleine Stadt will schlafen geh'n

See you later alligator

Een Student aus Vaterland in Muttersprach mit Mutter sprach

Von wahrer Kunst zu leben is wahre Kunst.

Ick weeß, wovon ick rede, ick mache Kleinkunst.
Da liecht et nahe, mich ooch als Kleindarstellerin bei Film oder Fernsehen anzubieten. Und bei so 'nem Vorstellungsjespräch bin ick jefraacht worden: „Was können Sie besonders gut?"
Mein erster Jedanke:
„Könn'n kann ick besonders jut laut schrei'n und keen Englisch!"
Der Witz aber is, dit ick dit sojar uff Englisch kann:
„Ei känn not gudd toock Englisch! Batt ä littel bitt.", aus da Schulzeit – hat ick 'n halbet Jahr inna nullt'n Stunde, wo ick zwar körperlich anwesend war, aber im Jeiste imma noch anna Matratze horchte.
Und außerdem war dazumal, wo ick herkomme anjeordnet, Weltsprache is Russisch und der Sozialismus siecht nich in Englisch.
Aber nu issa ja doch ooch in Russisch versiecht.
Heute nu, wo Englisch Weltsprache is, hau ick so Kauderwelsch raus, wie: „Mei Englisch is ... otschn plocho."
Klar, könnt ick ma mehr dem Englischen zuwenden, wenn da nich diese extreme Verweijerung wäre.

Dit fing an, als mein Arbeitjeber Telekom sich zum „Global Player" uffspielte und allet umbenannte mit so neuen englischen Wortschöpfungen wie: Multi-Access-Messaging, T-Vision, T-zones, T-Votel-Call, Telly, Pro-Tel, Ekel ... äh, Eco.
Und unsereens? Please hold the line – holt sich 'n Strick.
Meene Tochter würde sagen:
„Take it easy Mama, mach's dir doch nich so schwer."
Eijentlich hätte se nich unrecht!
Man wird ja inzwischen rejelrecht mit englischen Bejriffen zujeballert, dass de, ob de willst oder nich, janz nebenbei Englisch lernst. Selbst als bockije Trine.
Alleene schon, wenn de so 'n Modekatalooch uffklappst, Cardigan, Jumpsuit, casual ... und schon laberste nach, wat de hörst, siehst oder koofst.

Erst letztens: Ick berichtete meener Tochter freudestrahlend von meiner neusten Anschaffung, einer Bodybag.
Und wat saacht Töchting?
„Wat willste mit 'n Leichensack? Soweit is it ja wohl noch nich."

Tja, wer wat uff sich hält, jibt sein'n Produkten oder Firmen lust'je Namen, so wie 'n Backshop eijentlich pur übersetzt Hintenladen hieße.
Dank meener Tochter, die der englischen Sprache mächtich is, und olle Google, bin ick ja bisher janz jut durcht Leben jekomm'n.
Na ja, Verständijungsprobleme jibt's wieder und wieder.

Kürzlich im Elektronikmarkt.
Ick mir jewundert, dass een und derselbe Film uff DVD anders kostet, hab mir 'n Verkäufer jegriffen und der hat mir Begriffe um de Ohr'n jehau'n, bis mir de Omme brummte: Bluray, Datatransferrate, Screenshot, Single Layer, Double Layer, Coverlayer, Bluray Player ...
Olle icke: „Hähhh? Könn Se ooch Deutsch!?"
Na, is doch wahr!
Weltsprache, schön und jut, aber mal ehrlich!?

Meine Mutter, die is inne achtzich, und die versteht die Welt nich mehr. Von wejen Muttersprache.
Fraacht se: „Was heißt eigentlich ‚saale'? Die Schilder in den Läden? ‚saale'!?" Ick saach: „Dit heißt verkoof'n!"
Meent se: „Wird hier sonst nichts verkauft?"
Na ja, alleen dit Lesen is für de Altersgruppe 'ne Herausforderung.
Fracht se, ob Kroftfunding (crowdfunding) 'n neuet Hundefutter is oder 'n Begriff für Kraft finden?
Ey, die is noch hell inne Birne, interessiert, aber liest die Begriffe pur: „Was ist „was-hand-wer" (wash-and-wear), Siggtseeeeingtoor (Sightseeingtour), Tauchskreen (Touchscreen) und was ist ein Kaffee Togo?"
Janz verrückt wird's bei Berufsbezeichnungen:
Environment Improvement Technician, wat übersetzt bedeutet: Umweltverbesserungstechniker. Man ey, dit is 'n Jebäudereinijer!

Oder die janz'n beknackten: Adviser, Officer, Broker, Assistant, Operater, Navigator, Facilitator, Übeltäter!
Dit jeht mir so wat von uffn Keks, uffn Docht, uffn Deez, uffn Zünder!
Aber dit eene saach ick euch, in Supermarkt kricht ma keena – nee – ick jeh immer noch inne Koofhalle!
Wat bin ick? Trotzich? Nee, ick bin Widder! Mit na Neijung zur Selbstbestrafung.

Dit hab ick kapiert, als meen Töchting 'n paar Monate in Indien war und ihr Mamilein fürn Kurzurlaub dahin einjeladen hat.
Nach Rishikesh, dem Ort, wo de Beatles im Ashram nach ihr'm Seelenheil jesucht ham.
Na, dit such ick ja ooch noch, also bin ick nüscht wie hin.
Im Fliejer denn, bevor et wieder zu Boden jeht, musste noch 'n Fragebogen ausfüll'n: Wer biste und warum, wieso, woher, wohin ... und allet uff Englisch.
Mit Hilfe von so 'nem mitreisenden Studiosi jing's.
So weit, so jut!
In Delhi wollt' ma meene Schnullabacke vom Flughafen abhol'n und krichte fast 'ne Krise, als de Mama nich rauskam.
Der ham se nämlich am „Check-out" den Austritt verweijert.
Nur hat se nich gleich jeschnallt warum.
So, da stand ick nu mit mein'm Verweijerungsenglisch.
Must englisch lerning, denn is se leif isi!
Hähähä, aber bloß nich inner nullten Stunde.
Die Quade anrufen funktionierte ooch nich.
Ick und 'n neuet mobilet Telefon.
Hab wie blöd druff rumjedrückt und jekloppt, aber in meener Panik verjessen, dat et 'n Wischtelelefon is.

Na ja, und denn plätscherte dit ehmt so aus mir raus: „Oh, zorrie, ei wos not wo ick wohne. Mei Dorzer hätt se Hottel buckt. Plies, lätt mie fromm se Flughafen! Mei Dorzer ständing for se Flughafen änd schie wois, wo ick wohne. Zorrie mei Englisch is broocken, ei woas, aba ju känn mei Dorzer spiecken, schie is heer vor se Haus, wer schie weeting for mie. Oor weets? Is ooch ejal."

Nich mal Airport hat ick uffm Schirm, aber irjendwann den Studenten aus'm Flieja. Der war nämlich der Letzte.
Sein-Jepäck-weg-Pech war meen Glück! Und denn stellte sich raus, ick hatte keene Uffenthaltsadresse anjejeben.
Hallo? Konnt ick ja ooch nich? Wusste ja nur Rishikesh!
Hat doch allet meene Kleene jemänätscht.
Ohh… jemänätscht – ick gloob et nich, ick bin englifiziert.
Na, jedenfalls wälzte der Studiosi mal kurz sein'n Reiseatlas und jab mir irjendeene Adresse von irjendeenem Hotel aus Rishikesh.
Kommunikation is allet und ohne is allet nüscht!
Denn durft ick raus, also nach Indien rin.

Weil 'n Student aus Vaterland in Muttersprach mit Mutter sprach.

Selbstfindung

Heimweh

Ick suchte nach dem Weib in mir und bin uff mich jestoß'n,
dit hat ma völlich umjehau'n, nu hab ick een groß'n
verbeulten, leeren Innenraum, verlor den Kopp beim Sturz,
und allet wat ick finden kann, is fremd und viel zu kurz,
wie mein Jedächtnis – dit entschwand, falls ick et je besessen.
Mir fällt nüscht ein, ick weeß nüscht mehr, ick habe mir verjessen.

Ick habe Heimweh nach mir, nach Leidenschaft und Lust.
Wo is die Liebende, die Mutter, dit warme Herz in meener Brust?

Uff meinem Weje häuften sich nu plötzlich tausend Fragen.
Dit ausjedörrte Räderwerk, dit hat sich festjefahren.
Dem Manne dienen will ick nich und mich demütijen,
drum Schluss jetz mit dem Opferspiel und all dem Jütijen,
feindselich, hasserfülltem, elend gift'jen Selbstmitleide,
ohnmächtich tuend und bösem Intriganten-Weibe.

Ick habe Heimweh nach mir, nach Leidenschaft und Lust.
Wo is die Liebende, die Mutter, dit warme Herz in meiner Brust?
Wo is die Kriejerin, die Furije, die Künstlerin in mir,
die Könijin, die mir beschützt, dass ick mein Selbst niemals verlier?

Ick habe Heimweh nach mir, nach meiner Unjeduld.
Ick habe Heimweh nach mir und 'nem Leben ohne Schuld.

So wollte ick nie sein

Wie Mutta wollte ick nie sein
Und bin doch so jeword'n
Ick jamm're rum und mach mir klein
Könnt mich dafür ermord'n

Ick sorje mir von früh bis spät
So, dass et jeden schauert
Und merk nich mal, wie schlecht mir't jeht
Wenn keena mir bedauert

Meen Vadda, der war renitent
Neichte zur Übertreibung
Ick erbte den sein Temp'rament
Und noch so manche Neijung

So wollte ick niemals nich wer'n
Noch lass'n bis ick sterbe
Und so versuch ick mir zu wehr'n
Jejen mein schweret Erbe

Schräje Nud'l

Wat bin ick?
Ne schräje Nud'l?
Scherzkeks!
Denn wär ick ja 'n Spirelli!?

Dass ick nich lache ...
Meene Heiterkeit is Jalgenhumor.
Eijentlich bin ick todtraurich,
mache bitterböse Witze dadrüber
und rasple Süßholz draus.

Wat wünscht ick mir,
unbefangen und neujierich zu sein,
wie 'n Kind,
dit liebende, stolze Eltern hat.

Denn hätte ooch nüscht schief jeh'n könn'n.

Aber in mei'm Leben is einijes schiefjeloof'n.
Im Becken, im Jebiss, uffm Konto ...
Also bleibt mir doch nur, mich schief zu lachen ...

... zu na schräjen Nud'l.

Die Zeit ist reif

Hab lange überleecht, wat würde ick am liebst'n tun
Hab allet abjewächt, von Dauerlauf bis Auszuruh'n
Hab mir 'n Kopp zerbrochen, hab mir im Job verkrochen
Hab mich mit mir verkracht, hab's mir nich leicht jemacht

Die Zeit is reif, ick bin am Dransten

Ick will Freude, ick will Spaß, ick brauch's uffrejend und krass
War grad sanft, schon bin ick schrill,
kann nich möchten, wenn ick will
Ick will fröhlich sein und sing'n, ick will andern Freude bring'n
Ick will tanzen, musizijer'n, trillern, jodeln, jubilier'n

Ob Kanon, Hymne oder Song, Canto, Psalm oder Chanson
Choral, Arie, Canzone, Schlager, Schnulze mit und ohne
Jazz, Soul, Beat, Folk oder Blues,
Oldtime-Jazz, Punk, Reggea-Grooves,
Boogie-Woogie, Cha Cha, Mambo,
Swing, Beat, Techno, Foxtrott, Tango,
Bossa Nova, Polka, Walzer, Ragtime, Disco, Rumba, Salsa

Ick will fröhlich sein und sing'n, ick will andern Freude bring'n
Ick will tanzen, musizijer'n, trillern, jodeln, jubilier'n
Ick will Freude, ick will Spaß, ick brauch's uffrejend und krass
War grad sanft, schon bin ick schrill, ick muss machen, wat ick will

Die Zeit is reif, ick bin am Dransten

Leidenschaft

Ick liebe meene Leidenschaft, die mir so liebe Leiden schafft.
Die einfach so zum Ausbruch kommt,
mit ohne Anmeldung, janz prompt.
Die jede Hemmung fix verdrängt
und meenen Grips erst mal verengt.

Denn werd ick schrecklich uffjereecht,
euphorisch und jut uffjeleecht,
denn sprudelt's plötzlich aus mir raus, dit is 'n echter Ohr'nschmaus.
Wat sich aus meinem Halse drängt, is unjeschönt und unverrenkt.
Die Tatsachen tun manchmal weh, doch ick hab keene Chance, nee!

Weil: Leidenschaft – die macht mich – unsagbar leidenschaftlich!

überschwänglich erreecht – wonnetrunken beweecht
enthusiastisch verzückt – psychedelisch entrückt
unjewohnt amüsant – vergnüglich entspannt
temp'ramentvoll im Sein – fällt's mir gleich wieder ein:

Ick liebe meene Leidenschaft, die mir so liebe Leiden schafft.
Wenn die mir in Errejung bringt, so dass et aus mir selber singt
und allet Schwere einfach wird und ick entspannt und unverwirrt.

Bin ick lebendich und hellwach, vom Zeh bis unter 't Schädeldach.
Blockaden sind vom Wind verweht und ick erfreulich uffjedreht
und froh, krich ick mit eenem Knall, 'nen Kreativitätsanfall.
Leb 'ne Zeit lang volle Kanne und denn kriej ick wieder Panne.

Werde schrecklich uffjereecht, euphorisch und schlecht uffjeleecht,
denn sprudelt's plötzlich aus mir raus, dit is 'n echter Ohr'nschmaus.
Wat sich aus meinem Halse drängt is unjeschönt und unverrenkt.
Die Tatsachen tun manchmal weh, doch ick hab keene Chance, nee!

Weil: Leidenschaft – die macht mich – unsagbar leidenschaftlich!

Singsang

Singen is ’ne Leidenschaft, die mir seit Jahren Leiden schafft. Und dit nich bloß mir. Fraaren Se ma meene Nachbarn oder meene Sippschaft. Die könn’n ’n Lied davon singen. Entweder dit kloppt eener jenervt anne Wand oder et kreischt eener ’n mutmachendet: „Man ey, sing uns doch nich immer die Ohr’n voll ...!“
Wie soll ick mir denn da noch selber versteh’n?
Ick muss doch üben!
Wie soll ick mir weiterentwickeln? Dit is der pure Terror!
Selbst meen Pekinese hat dit nich mehr ausjehalt’n.
Der is jejang’n; int Tierheim.
Der hat sich freiwillich einweisen lassen.
Dit hat mir denn endjültich verstimmt.
Aber so bin ick uffn Jesangslehrer jekomm’n.
Herr Dotore Adriano Papilotti.
Dit is ’n Kerl, ’n richtich doller.
Und endlich mal eener, der mir richtich ranjenomm’n hat.
Seit der meen Wokel kootscht, is meene endokrine Reaktion voll in Errejung. Echt ey. Der Typ hat ja von Anfang an nur rumjeorjelt.
Äh?
Nörjelt, jenörjelt hat er. Ick kann machen, wat der will.
Diesen Pavarotti krichste nich befriedicht. Janz ejal, so sehr de dir ooch schindest. Is ehmt ’n richt’jer Profi.

Der hat mir beijebracht, mit mei’m Schambein umzujeh’n, bevor et losjeht.
Also ..., jespannt sein, Hintern zusamm’n, zack – Schambein vor und wupps, kommt de Brust ooch raus.
Und denn, wenn de jut in Stellung bist, musste locker stöhn’n und hecheln. Aber uffpassen, dass de da nich kolle ..., kollera ..., kollaborierst oder so.
Wat olle Papilotti schon für Töne aus mir rausjeholt hat!!! Hammer!
Jo, und denn jeht’s ant Werchzeuch, ant Artikulations-Werchzeuch.
Und wat soll ick sagen; ick hab ’n Ansatzrohr?!
Bloß hat mir de Natur ’ne Zunge vorjeparkt.
Und die muss weg, sonst kommt da keen Ton nich raus.

Und um nu diesen noppijen Lappen runterzuziehen ..., apropos Lappen ...

Wem is nich schon uffjefall'n, dass mit zunehmendem Alter, janz plötzlich die Erdanziehungskraft uff de fleischtragenden Teile viel größer wird?
Merkwürdich, dit Zeuch jibt ooch nur nach, wo et nich unbedingt sollte, aber da, wo et soll, am Zung'nmuskel, tut sich nüscht.
Außer man riecht stark.
Also nich selber jetz, sondern den Duft eener wohlriechenden Blume ..., saacht Papilotti, oder denkst dir 'ne heiße Kartoffel in 'n Mund.
Oder gähnen. Haste den gleichen Effekt. Jo!
Sieht nur irjendwie blöd aus, wenn de 'n janzet Lied lang gähnen tust.

Dit is aber noch jar nüscht jejen den janzen andern Kladderadatsch, wie Lippenflatter-, Zungenschnalz- und Blubber-Übungen.
Oder Stimmbandjogging.
Da stößt man staccatohaft Buchstaben aus: p – t – k – kssss.
Kiefer lockern mit ba – be – bi – bo – bu.
Und Sprachübungen wie:
Barbara saß nah am Abhang.
Sprach gar sangbar – zaghaft langsam.
Was hallt vom Waldrand da? Jagdklang schallt nah. Trara!
Dabei sollste aber ooch dein Schambein und de Brust in Pose bring'n und jespannt sein.
Ick bin jespannt, weil ick nich weeß, wohin mit meene Arme, die stör'n irjendwie.

Also, weite Röhre, Zunge, gähnen, Zähne auseinander ... ja, ja, jo.
Bla – bla – bla. Blablablablablablablabla.
Dreiklänge uff und ab, und wieder: bla – ble – bli – blo – blu.
Die Lippen nich zusammenkneifen, einfach nur stülpen wie zum Kuss. Bla – bla.
Töne wirfste aus'm Hochhaus, lässt se hüpf'n wie Frösche oder hälst se im Vibrator bis de Lippen summ'n.
Und wenn et kitzelt, freut sich der Dotore.

Hohe Töne holste aus' m Kopp und tiefe aus 'm Bauch.
Und wenn die, wie bei Zara Leander oder der Piaf, aus 'n Eierstöcken komm'n, dann hauts een wech. Echt ey.

Also, in Pose bring'n, Becken vor, anspann'n, Kopp hoch, freundlich kiek'n, Werchzeuje scharf mach'n, Zunge runter, Zäpfchen hoch, noch 'n bisschen lockern:
Njom, njam, njem, njim, njum.
Lippen flattern lassen und jetzte könnte theoretisch der ultimativste, klangvollste Ton der Töne entfleuchen, sofern der praktisch nich im Halse steck'nbleibt.

Also, ick fröne meiner Leidenschaft, weil sing'n stärkt dit Immunsystem. Pasta.
Jebt mir 'n Lied, 'n Text, muss ja bloß noch interpretiert werd'n.
Aber dit kann ja nu eijentlich ochnichmehrsoschwersein!

Olle Icke

Ick sitze am PC und spiele Solitär.
Da rutschen die Jedanken, mir plötzlich hin und her.
Mir qualmt der Kopp wie blöde, weeß nich mehr, wer ick bin.
Ick find dit Leben öde und keenen rechten Sinn.
Die Depression, die liebt mir, will jar nich von mir jeh'n
und ick bin schier verzweifelt und kann keen Land mehr seh'n.

Ick bin so sehr verbogen, ick brauch 'ne Therapie.
Ick brauch 'n Psychologen, ick fühl ma schlecht wie nie.

Ick leide an Verstopfung, Schmerzen in den Knien,
Migräne und Blockaden, Arthritis, Nervenzieh'n.
Blockiert bin ick im Nacken, der Schmerz is zu jemein.
Ick kann denn nich mal kauen, doch jammern und laut schrei'n.
Dit brachte mich zum Grübeln – ooch dit tut furchtbar weh,
besonders inna Birne und zieht sich bis in 'n Zeh.

Ick hab's versucht mit Yoga, Kräutern von den Thais,
Rückenschule, Mantras, Tibeter, Feldenkrais,
mit Bioresonanz und Homöopathie,
Fußreflex und Tao, Kinesiologie,
autogenet Training, Salz aus Himalaja,
war uffm Weech zum Glück mit dem Dalai Lama.

Nahm Kräuter, Cremes und Öle, Pillen, Schrot und Korn,
energiesiertet Wasser, aß ma schlank in Form.
War fasten, walken, tanzen, schröpfen, singen, schrei'n,
schlagen uffn Kissen, wollte schuldbewusstlos sein.
Zermalmte dit Jemüse, Obst war frisch vom Baum.
Und jab denn meinem Kind, wat in mir wohnt, mehr Raum.

Von all meinem Bemühen, wurd' ick müd' und matt.
Hab dabei verjessen, dass ick 'n Leben hab.
Jetz nehm ick mir dit Leben, so viel ick kriejen kann.
Doch wenn icks recht bedenke, wat fang ick damit an?

Ick sitze am PC und spiele Solitär ...
und mache mir Jedanken, die wiejen furchtbar schwer.

Ick bin so sehr verbogen, ick brauch 'ne Therapie.
Ick brauch 'n Psychologen, ick fühl ma schlecht wie nie.

Wat ick kann

Eijentlich weeß ick doch, wat ick kann und wat ick könn'n könnte, wenn ick dit, wat ick mache, mir ooch trau'n würde, so zu mach'n, wie ick dit könn'n könnte, wenn ick et mal mach'n würde, ohne mir dabei abzuurteil'n.

Aber dit is ja so, wenn ick merke, dass ick wat mache, wat ick eijentlich jar nich könn'n könnte, mir dit aber rein zufällich so richtich jut jelingt, denn werd ick euphorisch und gloobe, dit ick et doch kann.

Denn aber klappt det nur noch zufällich und ick merke, diss ick eijentlich richtich ackern müsste, um dit, wat ick jerade eben rein zufällich konnte, ja aber doch noch nich wirklich kann, richtich jut zu mach'n.

Der Respekt vor denen, die wat aus'm Effeff könn'n, wächst int Unermessliche und Minderwertichkeitsjefühle: „oh, nüschtkannickrichtich" ooch.

Wut steicht uff, ick krieje Panik, weil ick dit nie richtich jut könn'n werde, schlachartich verjeht ma de Lust dadran, ick trau mir jar nüscht mehr zu, lass allet schleif'n und stell mir besonders blöd an.

Denn komm'n so Jedanken von janz tief unten; bin zu doof, zu faul, mir fehlt 'ne Windung, weil ick mir nüscht merk'n kann und dit zu lange dauert, ehe ooch nur ansatzweise wat klappt, und ick nüscht tauge, weil et allet so lange dauert.

Dit macht mir unsicher!

Und wenn ick jar nich mehr dran denke, wat ick wollte, sollte, tue oder könnte ... Palim, plötzlich jeht's.

Denn frag ick mir: „Mein Jott, wie doof musste eijentlich jewes'n sein, um dir so doof anzustell'n? Und wie doof biste eijentlich, dir immer wieder einzured'n, zu doof zu sein?"

Man, bin ick doof!

Morjenblues

Fünf Uhr morjens, int Kissen versunk'n
Kuschelweicher Morjentraum
Schwerelose Schläfer-Seele taumelt durch den dunklen Raum
Ick dreh ma mühsam aus 'n Federn
Pünktlichkeit is deutsche Pflicht
Beim ersten Blick in mein'n Spiejel, gruselt mich mein Anjesicht

Spieglein, Spieglein anna Wand, wow, wat is der penetrant

Der zeicht mir jede Zijarette, die ick seit dreißich Jahr'n jeraucht
Fehl'nde Stund'n Schlaf – ick hätte
In all den Jahr'n viel mehr jebraucht

Spieglein saach, wat muss ick tun, wie werd ick jejen dich immun

Polster wachsen, Haare fallen, Cellulite jut verteilt
Adern graben sich nach außen, Busen hat sich abjeseilt
Anjeschwoll'ne Augenlider, jelbe Zähne, graue Haut
Jahre verjeh'n und komm'n nie wieder, ick fühle mir so ausjelaugt

Spieglein, Spieglein anna Wand, der is mir viel zu penetrant

Aus diesem Grund hab ick entschieden
Dass ick mir den nich antun muss
Hab ihn aus mein'm Haus vertrieben
Und damit ooch den Morjenblues

Spieglein, Spieglein anna Wand, du warst mir viel zu penetrant

Bei Risiken und Nebenwirkungen verklagen Sie den Spiegel, zerschlagen die Umrandung und verkleben den Hersteller oder Verkäufer.

Essen macht doof

Da les ick inna Apotheker-Zeitung, dass essen vorm Fernseher dick macht – und doof.
Ick esse immer vorm Fernseher, fühlt man sich nich so alleene.
Blöd nur, beim Fernsehkieken merkt dit Jehirn nich, dass de isst.
Weil so 'n Stresshormon dit Hirn ausknipst, aber dit Hungerjefühl bleibt. Wat machst 'n da?
Schlank, aber einsam oder dick und verdräng'n!?
Böse Falle, die Ernährungsfalle!
Anjeblich wer'n wir ja so pö a pö verjiftet.
Aluminiumhaltje Schokolinsen, Plastikhormone in Babynahrung, Erdbeeraroma aus Säjespänen, jefährliche Zitronensäure in Jummibärchen.
Unser Essen wird vonna Nahrungsmittelindustrie manipuliert und unser Jehirn schrumpft.
Mit unsre Essjewohnheiten mampfen wa uns inne Steinzeit zurück.
Bei Dauerstress reagiert der Hypothalamus nich mehr uff dit Hormon, dadurch krepier'n Nervenzell'n und wir werd'n immer bekloppter.
Wenn so 'n Neandertaler uffn Mammut traf und nich traf, war Stress anjesaacht – Dauerstress!
Entweder platt jemacht werd'n von so 'n Mammut oder, wenn er mit leer'n Händen nach Hause kam, von seine Alte.
Sein oder Nichsein …, wat für 'ne Alternative.
Hat sich nüscht jeändert. Die Kleen'n werd'n vonne Groß'n plattjemacht. Nur jemeinsam könn'n so 'ne Viecher erleecht werd'n.
Dit wussten sojar schon die Neandertaler! Eener alleene hat keene Chance. Ooch heute nich.
Übrigens war'n die Neandertaler Fortpflanzungsmuffel.
Deshalb sind die ooch ausjestorben.
Sollte uns dit nich zu denken jeben?
Vielleicht denke ick ooch bloß zu oft!? „Nur nich verjessen ...!“
Nee stopp, ick hab 'n Denkfehler.
Dit Unterbewusstsein kennt ja dit Wörtchen „NICHT“ nich.
Kaum denke ick: „Nich verjessen!“, da isset ooch schon verjess'n.
Und dit, wat ick nich verjesse, is, dass ick mir nüscht merken kann.

Und essen.
Höchstens, dass ick schon jejessen habe. Dit macht mir denn immer Bauchschmerzen. Ick vertrach doch nich mehr allet – aber dit fällt ma immer erst hinterher ein oder besser jesaacht durch, jenau wie in mein'm Kopp. Ob da 'n Zusammenhang besteht?
Wat ick so über 'n Tach immer wieder in 'n Kühlschrank kieke ...
Dadrüber räufelt sich denn immer meene Freundin uff:
„So 'ne Energieverschwendung, wat da in so'm Kraftwerk jeackert wer'n muss, dass die Kühltemperatur wieder herjestellt wird. Und wenn dit 'n Kohlekraftwerk is, wat da an CO2 int Ozonloch jeht ..."

Bei Kühlschrank fällt mir überhaupt wat ein. Kenn Se den?
Wat is der Unterschied zwischen 'nem Single- und 'nem Ehedasein?
Kommt 'n Single nach Hause, kiekt in Kühlschrank – nüscht besondret drin und jeht int Bett.
Kommt 'n Verheirateter nach Hause, kiekt int Bett – nüscht besond'ret drin und jeht an 'n Kühlschrank.
So 'n Quatsch merk ick mir.
Wahrscheinlich hab ick ma ooch schon blöd jefuttert.
Aber dit is ja so jewollt vonne Multis.
Manipuliert sich besser, wenn dit jroße Verjessen umjeht.

Blödheit hat aber ooch 'n Vorteil.
Wat de nich weeßt, kannste nich verjessen! Und wenn dit so weiter jeht, denn weeß ick bald ooch nich mehr, wat ick nich mehr weeß.

Ick weeß

Ick weeß, ick quatsche viel zu ville, ick weeß, ick lache ooch zu laut
Ick weeß, ick bin 'ne ziemlich schrille, nervende und schräje Braut
Ick bin bekannt als Unfügsame, doch Ute heiß ick eijentlich
Ick mache grad Bestandsuffnahme, mir jeht so ville jejen Strich

Dit Jeld, dit rinnt mir durch de Finger, die Kerle loofen mir davon
Die Jahre ooch, ick werd nich jünger, langsam looft wat unsynchron
Uff Arbeit krieg ick Wutausbrüche
Dit Management is ooch zum Schrei'n
Jenauso wie de Werbesprüche ..., suggerier'n mehr Schein als Sein

Und Umsatz scheffeln is dit Thema, Arbeitsplätze abbau'n ooch
Doch reich wird heutzutare keener, der sein Leben lang maloocht
Dit eenzije, wat de wirst, is knülle, jenervt, jeschockt und abjezog'n
Überreichlich viel zu ville wird jelogen, betrogen, verbog'n

Ick weeß, ick denke viel zu ville. Ick weeß, ick denke ooch zu laut
Dajejen jibt et keene Pille, dafür wächst nirjends nich 'n Kraut
Ick werd nich los, wat mir so schindet
Nich durch Quatschen, Heul'n und Schrei'n
Mir knall'n de Sich'rung' durch, mir schwindet
Der Verstand, ick werd zum Schwein

Man saachte mal, ick sei 'ne Jute, doch dit is schon 'ne Weile her
Ick schwör, bevor ick janz ausblute, jibt's noch irgendeen Malheur
Ick weeß, bald jibt's nüscht mehr zu lachen
Ick weeß ooch, wat ick tun muss
Ick werd' mir aus'm Staube machen
Darum mache ick hier Schluss

Eijentlich komisch

Komik is ’ne ernste Sache

Eijentlich komisch, wa?
Wenn dir wat so richtich jejen Strich jeht, kannste schon mal janz schön komisch werd’n und schön komisch bedeutet in dem Fall nich unbedingt lustich!
Oder, du bist jut druff, aber krichst zu hör’n: „Wat kiekst’n so ernst, tut dir wat weh? Lach doch mal!“ Denn denkste: „Man ey, so sieht LEIDENschaft aus!“
Denn jibt’s ja so Typen, die dir ernsthaft mit so ’nem anjetackerten Grienen wat vormachen. Da musste uffpassen!
Und Clowns jibst ooch, die malen sich dit Grinsen int Jesicht.
Komisch sein is nämlich nich so einfach, dit weeß man doch.
Dafür isset echt komisch, wenn eener besonders vornehm tut.
Haut’s dir aber mal selbst so richtich uff de Bretter, grinste nur doof, schon aus Scham und ’n andrer lacht dreckich, aus Schadenfreude.
Die soll ja bekanntlich die schönste Freude sein.
Aber Lachen kann weh tun, erst recht, wenn de bloßjestellt wirst.
Wenn de dit aber nich zeichst, kann’s für deine Peinijer wiederum peinlich werd’n.
Dit jesündeste Lachen is, wenn et befreit oder ’ne Pointe unerwartet kommt, und dit jemeinste, wenn’s im Halse stecken bleibt.
Komisch is ehmt nich gleich komisch!
Wat für een witzich is, kann schon mal fürn andern jeschmacklos rüberkomm’n. Des einen Freud, des andern Leid.
Jerade, wenn Neid oder Bosheit ’ne Rolle spielen.
Freuen kannste dir aber eijentlich ooch, ohne lustich zu sein.
Blöd, oder!? Ja! Blöd is ooch nich gleich doof. ’n Grinsen zeucht ooch nich in jedem Fall von Freundlichkeit, so wie ’n Dauergrinsen durchaus provokativ uffjefasst werden und dit Jejenüber rasend machen kann. Wat vielleicht manchmal sojar jewollt is.
Laut Evolutionstheorie hat sich dit Lachen aus na Drohjebärde entwickelt. Uns’re frühen Vorfahren fletschten de Zähne, schlugen sich dabei uff de Brust und stampften mipm Fuß, um Stärke zu zeijen.
Und wenn sich Schimpansen in Unterwürfichkeit ’nem Ranghöheren nähern, setzen die ooch so ’n Vollgrinsen uff.
Da fraacht man sich doch, ob die mit dem anjetackerten Grinsen

ihre makellosen Beißerchen nur zeijen, weil dit mitunter so 'ne Art Angstgrinsen is? Na, 'n freundlichet Lächeln sieht doch anders aus! Und uff den Werbeplakaten erst, wo mit so frohlockend grinsenden Fratzen 'ne heile Welt vorjejaukelt wird, um dir zu manipuliern. Da lachen ja die Hühner.
Na ja, Humor ist schließlich, wenn man trotzdem lacht. Und ick lach sowieso am liebsten über meene eijene Blödheit.
Schon Werner Finck hat festjestellt: „Lächeln ist die charmanteste Art, seinem Feind die Zähne zu zeigen!"
Ick saach ja, Komik is 'ne ernste Sache.

Sonntachs

Eijentlich komisch, wa?
Wenn ick sonntachs uffwache, denk ick: „Ach, wie schön, heut is Sonntach!" Obwohl, dit jibt ooch andre, die sonntachmorjens denken: „Och, schade, morjen ist schon wieder Montach!"
Aber ick nich, nee, ick denke sonntachs: „Ach, wie schön, ... Sonntach! ... Machst 'n Faulen!"
Komisch, am Montach denke ick nie: „Ach, wie schön, heut ist ja Montach", nee, da denk ick eher: „Äh, schon wieder Montach!? Ohhh, und ick muss!" ..., obwohl ick jar nich müsste, wirklich nich, ick könnte ..., wenn ick wollte, ... aber ick denke, ick müsste müss'n, so wie immer, so wie alle und überhaupt ...
So jeht dit jeden Morjen, außer sonntachs.
Is sowieso schnurzpiepejal, wat fürn Tach grad is, weil die sich nur unterscheiden, det de sonntachs nich inkoof'n kannst (also, da wo ick wohne).
Aber weil ick eijentlich nich nüscht machen kann, mach ick ooch sonntachs wat, von wejen faulenzen und so. Letztens, wieder so 'n schöner sonnijer Sonntach. Da ha ick so jedacht: „Oh, so 'n schöner sonnijer Tach, machst 'n Spazierjang!"
Da küsst mir doch de Muse, und als ick aus mein'm Jedankenjedöns ufftauche, war et duster und der Sonntach rum, an dem ick früh noch so dachte: „Ach, wie schön, ... Sonntach!"
Blöd, oder?

Is dit Gleiche ditselbe?

Eijentlich komisch, wa!?
Wenn zwee dit Gleiche tun, is et noch lange nich ditselbe, heißt dit. Aber anhör'n tun sich ditselbe und dit Gleiche gleich. Nur wird dit Gleiche groß und aus'nander und ditselbe kleen und zusammen jeschrieben.
Verstanden hab ick dit aber erst, als mir dit mal eener am Beispiel des Deutschen liebsten Kindes erklärt hat:
Nehm wa ma an, du hast 'n roten Jaguar und dein Nachbar ooch – also habta beede dit gleiche Auto.
Wenn aber nur een roter Jaguar uffm Hof steht, den sich dein Nachbar mit dir teil'n würde, – aber uff die Idee käme der jar nich! – denn würdet ihr beede denselben Wagen fahren.
Soweit is allet klar!? Oder is dit Beispiel zu abjefahr'n?
Also wat mich betrifft, könnt ick mir erstens so wat nich leisten und zweetens, wenn ick's könnte, würd ick mir so wat nich leist'n und drittens hab ick jerade erst jehört, dass dit Auto an sich von sein'm Unabhängichkeitsstatussymbolplatz verdrängt wurde. Ja! Weil die Freiheit, ohne Auto leben zu könn'n, heute an Wert jewinnt, aber ohne Handy oder iPhone ... nee, dit jeht jar nich! Und wenn ick nu bei diesem Beispiel bleibe, fraach ick mir, wer teilt sich sein iPhone? ... Also jetz nich mitten durch – nee, sondern ditselbe mipm ander'n?
Mal janz im Ernst, dit is nich einfach, mit zwee gleichen Beispielen ditselbe Thema zu hinterfragen. Aber een hab ick noch ...
Wir könn'n zwar die gleiche Frisur ham, aber nich uff demselben Kopp!? Weil, et hat ja jeder selbst 'n Kopp, aber nich jeder Kopp hat 'ne Frisur. Und denselben Kopp wie ick kann keen andrer ham.
Aber den gleichen ooch nich, oder?
Doch, wenn zwee dit gleiche iPhone ham, könnse damit gleichzeitich ditselbe seh'n.
Uff jeden Fall könnse nich gleichzeitch ditselbe essen, außer die teilen sich dit. Aber denn essen se ja eijentlich wieder dit Gleiche!?
Von der Gleichmacherei wird mir janz blümerant inne Birne.
Ejal, ick weeß jetz, Dinge könn'n sich gleichen, aber nicht selben.
Blöd, oder?

Entmannt

Eijentlich komisch, wa?
Mir jeht et jut! Richtich jut.
Noch besser wärt jar nich auszuhalten. Irjendwie abartich.
Ick bin entmannt! Völlich schmerzfrei. Frei, frei, frei ...
Fernbedienung frei, Klo frei, Schränke frei, abends frei.
Eensachzich-Bette meens, schlaf'n, ess'n, komm'n, jeh'n wann ick will. Keen schlechtet Jewissen mehr, wenn ick mir mit na Freundin verquatsche und dabei Graf Koks verjessen habe, der jewöhnlich pünktlich um zwanzich Uhr, rammdösich vor da Mattscheibe kluckt und von mir erwartet, dit ick ihm sein Hunger stille.
Bin ick 'ne Amme oder wat?
Am liebsten hätte der Herr ooch noch, dit ick ihm 'n Gala-Dinner serviere, obwohl der dit Wort nich mal lesen kann. Der hat mir doch allen Ernstes jefraacht, wat 'n Galadiner fürn Tier is.
Von wejen, Liebe jeht durch 'n Magen! Die jeht, zack bum, uff de Hüften und da bleibt se denn häng.
Jenau wie der Kerl. Da stoffwechselt nüscht mehr.
Komm se mir jetz nich mit Kompromisse machen, ja?! Denn fang ick doch noch an zu kochen. Überzukochen!
Schluss. Aus. Ruhe. Ick brauch keene Schnarchnase, die mir morjens int Vojeljezwitscher sächt und abends dit Sofa beschmaddert. Ab jetze jibt det nur noch mir, denn kommt 'ne janze Weile jar nüscht und denn komm icke und denn meen innerer Schweinehund. Wozu mir also noch een int Haus holen. Außer, det ick ma dringendst 'n Kerl bräuchte, der mir 'n Loch bohrt oder so wat.
Quatsch ... Kerl, ick brauch keen Kerl.
Wat ick brauche is 'n anständijet Jerät!
Und dit besorch ick mir selber. Dit borch ick mir bei meene alleinstehenden Freundinnen.
Die sind nämlich immer mit de Beziehungskist'n ihre Werchzeuchkist'n losjeworden. Und nu hamse uffjerüstet, von Bohrmaschine bis Kreissäje.
Is ja nich gleich allet flöten jejang.
Mein kalter Hintern is mir jeblieben. Und um den loszuwerden, könnt ick mir ooch 'ne andre Flasche int Bette holen.

’ne Wärmflasche, wat ’n sonst?
Und sollte doch mal Not an Mann sein, denn jeh ick mit meene unterkühlten vier Buchstaben bei Alfredo int Ristorante. Da bedient eener, Mama Mia, der hat vielleicht ’n Dackelblick, der jeht durch Mark und Been. Und flirten tut der so wat von schamlos, diss ick mir jedet Mal inne Pubertät zurückversetzt fühle. Halleluja, aber ohne Pickel. Der Typ is ’ne Kreuzung aus Erich Ramazotti und dem janz jungen Eros Honecker.
Ja wat ’n!? Der soll ja ooch mal ’n doller Fejer jewesen sein.
Der Mensch brauch doch wat zum Schmusen, sonst wird er krank. Deshalb ham sich meene alleinstehenden Freundinnen so ’ne kleen’n Monster anjeschafft.
Keene Jörn, nee. So wat mit Fell dran. Da bin ick wieder mal Neese. Im wahrsten Sinne … Ick hab ’ne Tierhaarallergie.
Doch nich etwa seit dieser haarije Kerl bei mir jewohnt hat?
Nee, die Neese hat ick vorher schon voll.
Tja, so ’n Kerl denkt ja – jewöhnlich – nich, er könnte wat ändern. Nee, so ’n Kerl is ja fehllos.
FEHLLOS. Ähä!? Fehllose sind ja eijentlich Nieten, wa?!
Wenn de uffm Rummel ’ne Niete ziehst, willste se ja ooch gleich wieder loswer’n. Musste eijentlich bloß loslassen – können.
Jenau jenomm’n biste denn ent-nie-tet.
Eher wirste doch uffm Mond vonna Dampfwalze überrollt, als uff een’n zu treffen, der dir versteht, ’n festet Einkommen hat, intellijent, jepfleecht und häuslich is, tolerant, zärtlich, aber ooch zupacken kann, zuhört und ’ne eijene Meinung hat, die ja ooch noch saacht!
Looft dir doch mal so ’n Spezi inne Arme, denn issa entweder verheiratet, schwul oder aber bei dir reecht sich nüscht.
Dit reecht da höchstens uff!
Ach, jeht mir dit jut!

Dosenfutter und Einjeschweißtet

nach einer Idee von Andrea Lettow

Eijentlich komisch, wa?
Früher jab's Sauerkraut „lose". Inkoof'n war'n wa mipm Stoffbeutel. Heute jibt's Shopping Bags und Plastiktüten. Leicht und praktisch, wie überhaupt allet im Leben. Ob Zahnersatz, Küchen-Jedöns oder Klamotten. Sojar dit Holzbeen is heutzutare aus Plaste und Elaste.
Dit Sauerkraut jibt's nich nur in Blechbüchsen und Gläsern, nee, einjeschweißt. Luftdicht verpackt, sicher zu transportier'n und janz wichtich – lange haltbar. Aber die verschweißte Plastikfolie stellt uns nich selten uff 'ne harte Probe.
Außerdem kann dit Zeuch nich verrotten und verjiftet nich nur de Umwelt, sondern ooch dit Sauerkraut.
Unser Leben is in Jefahr!
Denn komm'n noch Druckfarben, Trocknungsbeschleunijer, Konservierungsstoffe, Weichmacher – wie Diethylhexylphthalat (DEHP) oder aber der hormonähnliche Stoff BPA – dazu.
Aber an een'm Tod kann man ja nur sterben.
Ejal, ob wa uns verjiften oder ob wa verhungern, obwohl der Kühlschrank voll is.
Meene Nachbarin, Frau Frischkowsky zum Beispiel, die is weit über de achtzich und wird eenmal inna Woche vonna Hauskrankenpflege versorcht. Die bringt ihr einjeschweißtet Essen mit. Da hat Frau Frischkowsky rejelrecht dran zu knabbern.
Als ick mal vonna längeren Tournee zurückkam, fand ick eene ausjemerjelte, jeschwächte alte Dame mit nich unerheblichen Verletzungen vor.
Sie erzählte mir, se hätte seit Tagen nur noch trocken Brot jejessen und vor Schwäche nich ma mehr die Marjarinedose uffjekricht. Uffm Kühlschrank fand ick anjepickte Konservendosen und drinne einjeschweißte Wurscht- und Käsepäckchen mit abjepultem Zippel. Jenau wie bei meener kräftijen Freundin Diethilde, die allerdings vielleicht wat zu kräftich is. Die scheitert ooch oft am Einjeschweißt'n. Wenn Diethilde Hunger hat und nich sofort an wat Essbaret kommt, troppt ihr der Zahn und de Spucke uff den verflixten Plastik-Zippel. Aber wat viel schlimmer is, die hat früher sojar anne Näjel jekaut.

Weil dit doof aussieht, lässt se sich nu welche uffkleben. Mit Strass und so. Wie die überhaupt mit so 'ne Schippen im Haushalt klarkommt? Der jeht immer wieder mal 'n diseinter Fingernarel flöten. Und wenn die ausrastet, musste in Deckung jeh'n.
Aber inzwischen is dit ooch keen Beenbruch mehr, weil de Verpackungshersteller so 'ne „Nagelstudioanjedereckeinitiative" int Leben jerufen hab'n.
Wenn de wat Einjeschweißtet koofst, jibt's gleich 'nen Jutschein dazu: „Nagelneu for stubby fingers".
Und letzte Woche erst, kam Diethilde mipm blauen Ooge davon. Im wahrsten Sinne.
Als se sich mal wieder an so 'n Schniepel verjriffen hat, um sich ihrer unjezüjelten Fresslust hinjeben zu können, entglitt ihr dit Objekt ihrer Begierde. Und weil se wohl 'n bisschen zu kräftich am Nippel zooch, hat se sich die eijene Hand vorn Deez jekloppt.
Seitdem trächt se beim Auspacken 'n Schutzvisier.
Ach ja, letztens hat sich Frau Frischkofsky an eener verschlüsselten Fischdose de Karten jeleecht. Da lag so 'n kleener Schlüssel zum Uffrollen bei. War aber keen Schlüssel zum Erfolg.
Wie sich rausstellte, hatte der Hersteller 'n Ding zu loof'n, 'ne verschleierte Initiative. Der wusste selbst nich, wie er dit Problem jelöst kricht und wollte Kosten für dit Ideenmanagement einspar'n und hat druff jewettet, dit 'n frustrierter Kunde sein'n Erfinderjeist spiel'n lässt.
Durch Misserfolg zum Erfolg! Und da sich heutzutare Kunden mit Jutscheine locken lassen, jibt's vonna Apotheke gratis een dazu. Fürn Beruhigungsmittel oder Verbandsmaterial, wenn's mipm Dosenöffner oder Messer inne Hose jing.
Und wem frischet Fleisch, Obst und Jemüse für seine Marie zu teuer is, dem sei jesaacht, dit jibt 'ne Alternative: Dosenfutter, also Tiernahrung. Preiswert, lange haltbar, lagerfreundlich, vitamin- und sortenreich und janz leicht mipm joldenen Ring uffzumachen.
Komisch, die wissen, wie et jeht!
Doch ejal, ob Dose, Plastik oder (Ersatzteillager) Mensch, am Ende is allet Sondermüll.
Mal kieken, wat dit Ideenmamagment für dessen Entsorjung noch so hervorbringt ...

Liebe is wie Unkraut

Eijentlich komisch, wa?

Ick kann irjendwie nich wirklich nüscht machen.

So einfach nur mal so dasitzen, nüscht tun, nüscht denken, nüscht sagen und Energie tanken?! Nee! Dit kann ick nich.

Ick kann Energie verbrenn'n. In nullkommanüscht und ohne Rückstände. Ick steh ja so schon unter Strom – wat soll ick denn mit dem Überschuss anfang'n? Da brennt mir eher 'ne Sich'rung durch.

Ick hab's eenmal versucht. Eenmal! Hab ma uffn Fußboden in Schneidersitz jequält, inne brennende Kerze jekiekt, jeommt und mir einjeredet, diss ick vollkommen ruhich bin …

Ooooommm, ick bin jaaanz ruhich, oooommm, vollkommen ruhich ... Keene 5 Minuten hat's jedauert, denn war ick so jelad'n, diss ick beinah durchjeknallt bin. Zu hoher Widerstand, wohl von die vielen Ohms.

Vielleicht sollte ick mir eher janz bewusst in Einklang mit de Natur bring'n, mit Feng-Shui oder so. Dit reecht ma ooch uff.

Dit soll ja Leute jeben, die „NÜSCHT" richtich jut machen könn'n, weil die so eins mit sich selber sind und sich richtich jut leiden könn'n, die sich sojar selber lieben.

Ick jehöre jedenfalls nich dazu. Wenn ick mal nüscht machen will, denn spiel ick Sodoku, Mah-Jongg oder Solitär und denn bin ick ooch eens damit.

Jut, dit is nüscht Sinnvollet, aber dit is wat. Bloß janz und jar nüscht!? Selbst denn würd' ick ja wat machen. Ick mach immer wat. Atmen nämlich. Nich unbedingt dit Produktivste, aber zum Überleben durchaus notwendich.

Dit is ooch 'n Grund, weshalb ick rauche. Wenn ick mir uff de Terrasse hocke, denn ooch nur, um mir eene anzustecken. Weil, sonst rödeln gleich die Jedanken los und ick springe andauernd uff, weil mir wat Wichtjet einfällt … 'ne Zijarette, die hält ma am Platz.

Außer ick sehe Unkraut. Denn verjess ick allet. Ick liebe Unkrautjäten. Dit is für mich, wat für andre meditier'n is. Da schalt ick ab und jut.

Nur einfach so mal nüscht machen? Janz bewusst ... atmen … Denn würd ick ja nich mehr rauchen brauchen und hätte keen Grund

mehr, mir uff de Terrasse zu hocken und denn würd ick dit Unkaut nich mehr seh'n. Und denn würd ick dit Unkrautjäten, wie allet andre vor mir herschieben. Nö, nö ... da mach ick lieber weiter wie bisher!
Manchmal ärjer ick mir zwar, weil ick denke, ick habe nüscht jemacht, dabei hab ick ja eijentlich doch wat jemacht. Zwar wat andret, als ick wollte oder sollte, aber nich nüscht. Und denn kann ick ooch uffhör'n damit, also mit ärjern, mein ick.
Außerdem, selbst wenn ick mir 'ne halbe Stunde uff de Bühne lejen würde und nüscht mache oder sage, also selbst denn würde ick ja arbeiten. Still sein is für mich janz bestimmt nich dit Einfachste. Aber wenn ick dit nich so lieben würde, also dit Stillsein mein' ick jetz nich, denn würde ick dit ooch lassen können.
Und dit Eijentliche vonna Liebe is, dass man nich von lassen kann, und det se immer wiederkommt, wie mein Unkraut.
Ohne wär mein Jarten langweilich.
Liebe is ehmt wie Unkraut, dit verjeht nich.

Liebe, Triebe, Trallala

Liebeserklärung

Du latschst quer durch meine Seele und besuchst mich neuerdings
Ziemlich häufich in Jedanken, schnippst ma jedet Mal int Links
Und ick habe sehr viel Mühe, dieset stets zu ignorier'n
Wie dit leise Glöckchenbimmeln oder ooch dit Bauchvibrier'n

Und denn denke ick, vielleicht merkste dit
Weil ick manchmal ooch bei dir
Schüchtern im Vorbeijeh'n kloppe an die Oberstübchentür

Und denn schleich ick mir janz heimlich
Quer durch deine Innerei'n
Und jenau zu diesem Zeitpunkt fall ooch ick dir wieder ein
Und denn gloob ick, dass wir beede für 'nen kleenen Augenblick –
Jeder bei dem andern is, und dit fühlt sich an wie Glück

Und denn denke ick, vielleicht merkste dit
Weil ick manchmal ooch bei dir
Schüchtern im Vorbeijeh'n kloppe, an die Oberstübchentür
Und denn gloob ick, dass wir beede für 'nen kleenen Augenblick –
Jeder bei dem andern is, und dit fühlt sich an wie Glück

Traum-Mann

'n richtijer Kerl, der ma uff Händen trächt, dit war mal mein Traum. 'n Prinz, 'n Ritter, 'n mutijer Held, der sich noch wat traut, frech is, Humor hat und zupacken kann. So 'n Kerl, wie der Kapitän vom Tenkesberg, Robin Hood, Robert Redford oder Prinz Charles ...
Die Jungs von heute jeh'n ja relativ schnell inne Knie.
Jedenfalls wat mich betrifft. Irjendwie ham se dit alle im Kreuz.
Jut, nu bin ick ja ooch nich grad 'n leichtet Mädchen, und wenn eener in mein'm Leben 'ne tragende Rolle kricht, brauch der schon 'ne jut ausjeklüjelte Hebetechnik oder 'n stabilet Rückgrat.
Aber dit jab da schon mal een, der ma spielend uff Händen jetragen hat! Der erste Held in mein'm Leben. Dit war mein Papa.
Aus da Wichtelperspektive groß und kräftich und als der denn noch viel unterweechs jewes'n is – warer der perfekte Held.
Traue nich dem Glanz der Sterne, Sterne blink'n und verjeh'n ...
Dit kann ooch janz anders komm'n. Wenner seine Hände nich bedacht über dir hält, sondern die droh'n über dir und stürzen schwächelnd ab. Dit kann niederschmetternd sein und treibt denn ooch bei Zeiten aus'm Haus.
Tja, die jute alte Zeit. Da hab ick noch jedem jetraut, der sich an mir rantraute. Und ick hab einije kennenjelernt, die sich allerhand trauten.
Zum Beispiel bei mein'm Versuch, mir uff eijene Füße zu stellen.
Da hab ick mir inne Arme meenes zweeten Helden verlor'n und meene Unschuld. Dafür hat der mir sein Wort jejeben und 'n Ring.
Na ja, war beedet unecht.
Und denn hab ick Trost bei eenem andern jesucht und war doof jenuch zu glooben, dass Mann ooch verzeihen könnte.
Mann konnte natürlich nich!
Als ick ma denn aus'm Schlachtfeld verdünnisiert hab, durchzooch die erste graue Strähne mein noch wildet Haar.
Um mir mal poetisch auszudrücken.
Und denn kam eener – jewaltartich über mir. Merkwürdich, dit Wort. „Jewalt“ und „artich“. Passt doch so jar nich zusamm'n. Jenau wie heldenhaft. „Helden“ und „Haft“, deshalb is keen Held mehr zu finden, weil se alle einjebuchtet sind.

Wo war ick häng'n jeblieben? Ach ja, bei dem, der über mir kam. Davor hätt ick nie jedacht, dass Verstand und Selbstachtung so leicht flöten jeh'n könn'n.
Und wieder keener da! Keen tapferer Ritter, keen Prinz, der ma hätte retten könn'n. Allet musste alleene machen, aber ooch allet. Nur Kreuzlahme und Bandscheibenvorfälle, die von dir ooch noch erwarten, dass de se in Himmel hebst. Aber an die hebste de dir höchstens 'n Bruch und die brechen dir dafür dit Herz.
Keen Wunder, im Wort Lebensjefährte steckt 'ne Lebensjefahr.
Und ick hab immer jedacht, ick hab ma bloß verjriffen.
Uffm Arm hab ick ma nehm'n, abschleppen und ufft Kreuz lejen lassen. Von wejen uff Händen jetragen ...
Heutzutare is doch 'n Held, wer Essen aus Abfällen baut, Trojaner versteckt, XXL-Saufen macht oder irgendwelche Pillen für Muskeln und jejen Hirn schluckt, jummibeseilt von Brücken und Felswänden hopst und an Börsen kämpft oder um Zuschauerquoten und Kunden buhlt.
Die juten alten Leinwandhelden, die ihre Anjebetete noch uff Händen jetragen ham, die sind doch inzwischen vom Winde verweht.
Und wo suchste heute nach Helden? Klar, im Internet!
Und da bin ick uff „Die Helden der Liebe“ jestoßen.
Da stand: „In jedem steckt ein Held der Liebe.“ Aha?!
„Circa vier bis sechs Millionen Männer sind betroffen.“
So, so ... wovon? Dit sind ja jenauso ville wie Harz-IV-Empfänger.
Da stand wat von „Aufklärungsinitiative ...“ Äh ...!?
„Tabubruch ...“ Äh ...!?
'n „Held der Liebe“ is, wer Mut hat, über seine Probleme zu reden.
Dit sind Männer, die keen mehr hochkriejen.
Mannohmann, die könn'n een'm aber ooch leidtun!? Wat is nur los mit de Kerle? Die sind lange nich mehr dit, wat se eijentlich o-na-nie warn ...
Warum reden die nich mit uns? Na ja, wat sollt. Ob dir nu eener uff Händen trächt, du dir uffn Arm jenomm'n fühlst oder selbst de Beene in de Hand nimmst.
'n Boden untern Füßen verlierste in jedem Fall.

Nachtlied

Lässich häng ick anna Bar
Wat ick da rede, is nich allet wahr
Ick fühl ma freier inna Nacht
Und jeb uff mich nich mehr so acht

Rhythmus jeht unter die Haut
Ick schüttle ab, wat sich tachs anjestaut
Bau Aggressionen ab und Wut
Dit tut dem Selbstvertrauen jut

Ick lieb die Nacht, ick brauch die Nacht
Zum Lachen und zum Traurichsein
Ick lieb die Nacht, ick brauch die Nacht
Zum Lachen und zum Heul'n

Mein Kopp tut weh und is so leer
Alkohol macht Zung'n schwer
Alkohol macht Herz'n groß
Wunderschön und will'nlos

Ick such Jeborjenheit und Trost
Fühle wat in mein'm Schoß
Lächle, flirte, kokettier
Bis ick mich an wen verlier

Ick lieb die Nacht, ick brauch die Nacht ...

Wenn ick liebe inna Nacht
Werd'n alle Sinne wach
Ick jeb mich hin und flieje dann
Bis ick nich mehr fliejen kann

Ick lieb die Nacht, ick brauch die Nacht ...

Lebenslauf

Krause hat mir defloriert
Müller hat mir heimjeführt
Lehmann machte mir 'n Kind
Schulz schoss ick in 'n Wind

Verliebt war ick mit vierzehn
Mit siebzehn ooch, mein Jott
Und meistens war'n det Schürz'n-
Jäjer, ick ihr Kompott

'n Hugenott'n hat ick,
'n Türken ooch, ach je
Dit war 'ne Problematik
Mit ohne und in spe

Verführt hab ick so 'n Jungchen
Man, war der lieb und schön
Hab ick nich ausjehalten
Drum musst ick selber jehn

Denn war da noch so 'n Schluckspecht
Schlimm war der Don Juan
Nach Rambo jing's mir janz schlecht
Keen Kerl ließ ick mehr ran

Doch eena hat's mir anjetan
Der wurde später ooch mein Mann
Der war zu jut für diese Welt
Und wurd int Himmelszelt bestellt

Inzwischen hab ick einjeseh'n
Alleene is die Welt ooch schön
Kann machen wie und wat ick will
Bloß manchmal is et janz schön still.

Verkehrte Welt

Ick sitze im Café und denke in mich rin,
da kommt ’n junger Mann und setzt sich zu mir hin.
Ick nuckle janz nervös an meiner Kippe rum
und denke noch bei mir, mein Jott, wat is der jung.
Da fängt der an zu quatschen und redet uff mir ein
und eh ick mir versehe, trink ick mit dem ’nen Wein.

Ick denk, nanu, nanu denk ick,
wat is hier los, bin ick verrückt?
Mein Oller dürfte mir nich seh’n,
der würde dit gleich falsch versteh’n.
Die Scham steicht in mir uff und ab,
nur jut, dass ick die Kippen hab.
Ick nipple an mein Weinglas rum,
dit wirkt heut’ wie ’n Narkotikum.

Ick war noch nie janz ohne Begleitung im Café,
und dass ick hier noch sitze, is, wat ick nich versteh.
Ooch nich, dass dieser Kerl Int’resse zeicht an mir
und sein charmantet Lächeln, verschwendet seit halb vier.
Ick bin verzückt vor Freude, ick hab mein Herz verlor’n
mir tut heut’ nüscht mehr weh, ick bin wie neujebor’n.

Der Wein jeht in die Knochen, bis in den kleen’n Zeh.
Mein Blut fängt an zu kochen, ick loof im Kopp karree.
Ick red von meener Arbeit und ooch von meen’n Jör’n.
Ick red wie um mein Leben, dit sollt’n Se ma hör’n.

Und denn kommt noch so ’n Schöner,
der küsst mir meene Hand
und ick jerate plötzlich janz außer Rand und Band.
Da jeh’n die mit mir tanzen, nee, bin ick ausjeflippt
so, wie die sich bewejen, reißen die jede mit.
Und beede Typen albern und gackern rum mit mir.
Warum kann nur mein Oller nich sein, so wie die hier.

Und nachtens, so um dreije, da hab ick die verlor'n.
Man ey, ick war verliebt bis über beede Ohr'n.
Vergnücht fuhr ick mit Taxi, zu meiner Sippe heim.
Mein Oller schnarchte seelich – wie sollt's ooch anders sein.
Beim Frühstück, inna Zeitung, sah ick 'n junget Paar.
Die beeden Jungs von jestern, vor eenem Traualtar.

Ick denk nanu, nanu denk ick,
wat is hier los, bin ick verrückt?
Ick nipple an mein Kaffee rum,
der wirkt heut, wie 'n Narkotikum.
Die Scham steicht in mir uff und ab,
nur jut, dass ick die Kippe hab.
Mein Oller würde nie versteh'n,
dass Schwule mir den Kopp verdreh'n.

Kurioset

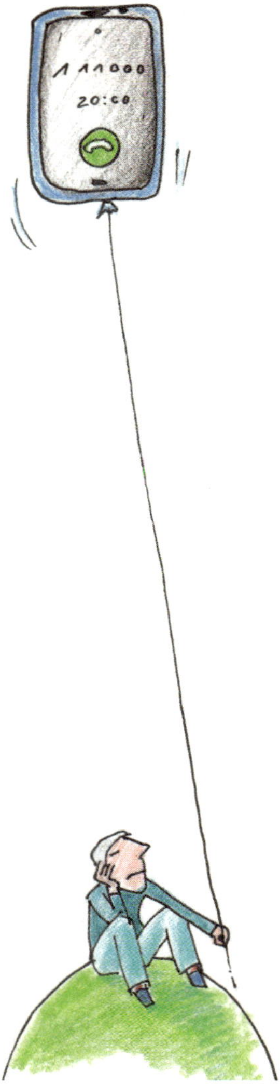
1 11000
20:00

Hol die Leine

Haste een Problem zu klär'n
Rufste Hotline-Nummern an
Vertraust da hoffnungsfroh den
Sphär'n von Network-Technologen an.
Und dann:

Wieder eenmal haste Zeit investiert
Zum hundertsten Mal Nerven ruiniert
Hörst wieder eenmal nur „Hold the line"
Harrst aus, anna Strippe, denn Spaß muss sein!
Wieder eenmal wirste wartend alt
Suchst wieder eenmal am Telefon Halt
Verfluchst jede Hotline, jedet Portal
Uff Krawall jebürschtet – wieder eenmal

Und denn heulste in Hörer und krichst da nich ein
Verzweifelst am Fortschritt und an „Hold the line"

Wieder eenmal bricht de Leitung zusamm'n
Drum wählste de Hotline noch 'n mal an
Wieder Jedudel, doch wie kann et sein?
Außerhalb der Jeschäftszeit? – Nein, wie jemein
Dir schwind'n de Sinne, drehst schon am Rad
Beim nächst'n Versuch, keifste drohend in 'n Draht
Da zieht 'ne Stimme dich in ihr'n Bann:
„Hier spricht die Chayenne, sag, und wen hab ich dran?"

Da weeßte, mit der Hotline hast du dich vertan.

Amore mio

Pasta, Penne, Rigatoni, Tortellini, Maccaroni,
Gnocchi, Pesto, Cannelloni, Tagliatelle, Ravioli,
Bucatini, Cappelletti, Fettuccine e Spaghetti,
Curry, Chili, Sahne, Schmand, Knoblauch, Zwiebeln, Supp instant,

Pizza, Pasta, Minestrone, Antipasti, Zabaione,
Pizzeria Mozzarella, Panna cotta, Mortadella,
Commissario Brunetti, Gelato Frutta non Paletti,
Macchiato, Cappuccino, Caffè Latte, Pellegrino,

Pizza Funghi, Ramazzotti, Amore mio, quando cotti,
Lecca-lecca, Rigatoni, al con Salsa Tortelloni,
Risotto alla Marinara, Parmigiano, Carbonara,
Adriano Celentano, Meraviglioso italiano.

BASTA – PASTA

Kreativ-Tief

Wenn's aus da Birne nur noch trieft
Hat's Kreativ-Tief sich vertieft
Fällt dir wat aus, fällt dir nüscht in
Eventuell nur noch Blödsinn
In gähnendem Jewohnheitsmief
Hängste nu fest, im tiefst'n Tief
Paar Tassen fehl'n dir ooch im Schrank
Und irjendwie da mittenmang
Schleicht gierich sich demonstrativ
'n Dämon int Kreativ-Tief

Im Falle aller Fälle
Schwimm'n dir davon die Felle
Und aus dem Schwachsinn, ei der Daus
Wird letztlich doch 'n Text noch draus

Ob destruk-, nega-, defektiv
Ob präven-, primi-, subjektiv
Endet's in jedem Falle „tief"

Mal mal

Montagmorgen malte meine Mitmieterin Mimi Mümmel meine mürrische Mine. Mimi meinte: „Mal mal."
Mich macht malen malade. Malte meist Murks.
Mochte mit meiner manischen Macke mehr muntre Mambo-Mucke.
„Mal mal Malven, Mimosen, Mohn.
Manchmal meuchelt malen Melancholie! Mein Macker Manfred mordet meist mit malen Migräne."

Meine Meinung, Mimis Mann – Makulatur.
Mannes Marotte, moppelige Mutti-Models mit Muttermalen malen.

Mimis Mamas Mutter vermachte Mimis Mama, Maja Mümmel, Mundmuttermal.
Maja, mondäne Mieze. Mehrmals Miss Muttermal!

Man munkelte, Manne mochte Mimis Mama Maja mehr.
Möglich! Mutmaße, Majas Muttermal machte Manne Mut.
Manfred malte mit Muße Majas Mundmuttermal.

Malerei mit Muttermalmarotte mehrte Mimis Missmut.
Mimis Manko, makelloser Mund. Mogelte manchmal, malte mit Mascara Mundmuttermal.

Mimis Mama Maja machte Manne manchmal Mittagsmahl.
Mimi musste malochen, Moneten mehren.
Manne manipulierte meuchlings Majas Mahlzeit mit Mohn, mietete Mansarde, menschelte mehrmals!

Mansardenmagd meldete miese Mache Mimi. Mimi merkte Missgriff.
Missmutig mahnte Mimi Manne mit Metzgermesser.
Mied Mord, metzelte massig Melonen. Meldete morbiden Macker Miliz. Missratener Makake merkte Misere, musste mit Miliz mit.

Moral:
Mütter mit Muttermalen, meidet malende Macker mit Migräne!

Verjesslichkeit

Kenn'n Se dit? Sie woll'n wat erzähl'n und wiss'n nich mehr wat? Oder Se sind irjendwo hinjeloofn und wiss'n nich mehr, wat Se da eijentlich wollt'n?
Nu schreib ick mir ja schon allet uff, aber wo find ick die Zettel!?
Ick finde een, den ick 'n Tach vorher erfolgreich erfolglos jesucht hab.
Aber dit, wat ick jerade jetze brauche ..., kannste voll verjess'n. Ob et dit passende Wort is, Termine, wo ick in Urlaub war, den Schlüssel, manchmal verjess ick sojar dit Schlafenjeh'n.
Ick fraare mir nur, wohin verschwind'n die janz'n Jedanken, Worte, Namen, Zahlen und Zettel, die mir im Laufe der Zeit so abhand'n jekomm'n sind?
In mir is wat Jeheimnisvollet. 'n jroßet, schwarzet Loch, wie die Dinger im All. Wat da rin rauscht, kannste voll verjess'n.
Na ja, verjiss et.

Manchmal, wenn ick 'n Suchbegriff einjebe in mein'n person'jebund'nen Computer, denn kommt ja wat ...
Dit dauert ehmt nur ...
So wie letztens, da seh ick doch 'ne ehemalije Kollejin direkt uff mir druffzusteuern.
Na, glooben Se, mir is der'n Name einjefall'n?
Ick, mir janz sicher, dass der mit „D" anfängt. Hundertpro!
Bin grad so am Grübeln:
De, do, du, di, Dings, Daaagmar, Dana, daaaaaa war se ran ...
Duuuu!? Daaaa! Dollet Ding!
Dachte Dortmund, da du damals dem Dödel dahin ...
Der Dralle da, deiner!? ...

Daaa ... dackelt die davon.

Dann, fünf Stunden später, ick steh grad anna Käsetheke und bestelle: „150 Gramm Brie, bitte!"

Brie ... gitte! Wurst ick's doch!

Wandervogel

’ne Ente und ihr Enterich
Schnäbelten und beruppten sich
Am Seeufer als Entenpaar
Ihr frisch jeputztet Federhaar

Da bricht Jeäst, durch Wanderschuh
Zeitgleich zerreißt Jekreisch die Ruh
Vor Schreck erstarr’n Tourist und Reed
Als panisch dit Jeflüjel flieht

Zurück bleibt zum Erstaunen
Des Wanderers ein Daunen
Welchet sich wiecht im Sonnenjlanz
Zum Funkelwasser-Sternentanz

Der Piljer is davon verzückt
Fischt nach ’m Flaum, fast wär’t missjlückt
Hätt der nicht rechtzeitich erkannt
Wie man im Trocknen bleibt, an Land

Bedenk drum, dass, wenn man sich bückt
Relativ leicht nach vorne kippt

Katzenjammer

Der Kater meines Nachbarn Knaute
katzenjämmerlich mijaute,
bis Knaute ihn zum Haus raushaute
und selbst vor Scham spontan ergraute.

Als Gegner jeglicher Jewalt
is Knaute dennoch durchjeknallt.
Man munkelt, der sei nervenkrank.
In echt, die Nerven lagen blank.

Und nich nur, weil dit Tier radaute,
nee, ooch seine Frau, die Traute,
der, wejen körperlicher Flaute,
er läng're Zeit schon arg misstraute.

Doch die begehrte Anjetraute
begehrt indessen eene Laute,
uff der se manchen Jriff versaute
wodurch der Kater laut mijaute
bis Knaute dieset Tier verhaute

und als der Morjen langsam graute,
er seiner Frau die Laute klaute.

Dit war für Traute janz schön bitter,
doch, die besaß ooch eene Zither!

Der Inder

Ne jute Bekannte hat 'n neuen Macker an Land jezogen. Der Papa von ihr meente: „Darfst dich nich wundern, wenn de den siehst!" „Warum?", wollte ick wissen. Daruff er: „Vielleicht kennste den schon? Dawamahada?" „Nee, noch nich.", kombinierte aber – is wohl 'n Inder. Ick verstand nur nich, warum ick mir als Multikulti-Anhängerin wundern sollte. Also rief ick meene Bekannte an und fraachte nach, wat die neue Liebe macht und wie der'n Name is.

- Christian!
- Christian? Als Inder?
- Wieso Inder? Eggi is doch kein Inder!
- Halt, stopp. Wieso jetz Ecki?
- Na, von Eggebrecht.
- Ach, der is jeadelt und kommt aus 'ner Aristokratenfamilie? Wow!
- Wieso?
- Na, haste ehmt nich jesaacht „von" irjendwat?
- Ja, Eggi, von Eggebrecht.
- Aha, also wat nu, Christian oder Ecki?
- Eggi ist sein Spitzname.
- Ach so. Denn also: Christian Dawamahada von Eggebrecht? 'n Inder, der 'n VON is!?
- Wie kommst du nur auf Inder?
- Dein Papa hat jesaacht, der ist 'n Dawamahada.
- Ach so, Papa. Der hat doch nur 'n Witz gemacht!
- Wat? 'n Ausländerwitz? Pfui!
- Bitte? Eggi ist Deutscher.
- Aha, also hier jeborn, deshalb der deutsche Vorname? Is Vater oder Mutter aus Indien?
- Hä? Beide sind Deutsche.
- Und warum dann der indische Name?
- Man, das ist doch nur wegen seiner hohen Stirn!
- Dit nimmste einfach so hin? Ausländer-Verhöhnung? Vom eijenen Vater. Ick gloob et nich!?
- Eggi und Papa verstehen sich bombig. Papa hat doch nur über Eggis Platte 'nen Witz gemacht. Kennst du den nicht? Da war mal Haar da?

Wat is eijentlich Plusquamperfekt?

Ick bin 'ne jeborne Randberlina Deutschverderber-Jöre.
Dazu steh ick.
Dit hat zur Folje, dass unsereens oft urst danebenliecht, wat de Grammatik betrifft. Na ja, mipm Perfekten hab ick's nich so.
Aber wat is schon perfekt?
Eijentlich nich dit wat is, sondern dit, wat war.
Und weil Perfekt nich gleich perfekt is, hab ick mir jedanklich janz schön verheddert.

Also, Perfekt is 'ne Form der Jejenwart in Vollendung, die eijentlich schon Verjangenheit is. Und wenn die Verjangenheit mehr als perfekt is, isse Plusquamperfekt. Dafür brauchste: „sein und haben" und draus machste beim Berlinan: „jewesen".
'n Beispiel: Wenn de mal uff Malle warst, hieße dit perfekt Hochdeutsch im Plusquamperfekt: „Ich hatte einen schönen Urlaub auf der Insel Mallorca verbracht."
Sag'n tuste aber: „Ick war uff Malle jewes'n."
Also merke: Plusquamperfekt = vorbei is vorbei.

Den Faden mit „haben und sein" hab ick allerdings noch wat weiter versponn'n:
„Wenn ick een' Mann hätte" oder „haben würde" – *wat eijentlich irreal is, wer will schon so 'ne durchjeknallte Tussi wie mich* – wär't lebenstechnisch perfekt jewes'n, aber zeitlich nich korrekt.

„Ick habe einen Mann!"
Is 'n Präsens. Keen Präsent.
Dit widerspricht doch jeder Wirklichkeit.
Jenauso wie: „Ick hatte noch nie wat mipm Mann."
Dit is Plusquam – wat ja so viel heeßt wie: „Ick hatte mehr als" een.
Aber:
„Ick habe EEN Mann jehabt" – dit is doppelter Perfekt *und ooch für mich perfekt.*
Und wenn der eijentlich hätte besser nich da jewes'n sein soll'n, denn war wohl dit Präservativ defekt jewes'n.

Aber wenn ick wirklich een jehabt hätte, denn wär ick ooch mal jehabt jewes'n.
Aber da ick keen jehabt hab oder hatte oder hätte ham könn'n, war dit allet fürn ...
... Plusquam.

Ick weeß nich!? Ick weese, du weest und irjendwann verwesen wa alle. Wer weeß denn, weswejen dit Wesentliche im Wesen des Unwesens weest?
Jeredet wird ville, nüscht jesaacht, keener versteht wat, aber alle machen mit, und die wat wissen, behalten dit schön für sich.
Ick kann dit nich ... Bei mir muss allet raus. Wie beim Ausverkoof, im Kapitalismus, der ja anjeblich verwest. Ick meene, perfekt folgt der den Rejeln ooch nich.

Deutschland war mal berühmt für seine Perfektion. Aber dit is schon lange vorbei, erledicht, also „PERFEKT", wat inna Sprachlehre 'ne vollendete Jejenwart is. Aber wenn wat vollendet is, is et eijentlich jewesen und also vollendete Verjangenheit und keen Perfekt.

Perfekt wärt, wenn ick recht habe.
Blöd nur, dit sich immer eener findet, der mir widerleecht.
Und denn hatte ick mal recht jehabt. Schwuppdiwupp, weder Präsens noch Perfekt jewesen, sondern Verjangenheit.
Und die war, weeß Jott, nicht perfekt.
Aber eijentlich ist die ja noch unvollendet. Ick leb ja noch!
Also isse Imperfekt.
Dit klingt lustich, so wie impertinent, inkompetent, permanent inkontinent.
Vielleicht jeht mir deshalb so ville daneben.
Inna Jejenwart bin ick selten, dafür oft jedanklich abwejich. So, wie wenn ick mit eenem Satz, in unterschiedlichen Zeitzonen unterwegs bin: „Ick würde sag'n, dit hätte jewes'n sein könn'n."
Da is allet drin: würde is Zukunft, hätte is möglich, jewesen is Verjangenheit und sein is Jejenwart.
Dit is zwar rejelwidrich, aber kreativ.
Und so lebe ick in een'm grammatikal- und philosophischen Chaos.

Und wo nu schon die Rechtschreibung mit der bloßen Entschlossenheit des freien Willens verändert wurde, kann ick doch ooch die Grammatik nach Schnauze ändern.
Nach Brandenburjer Deutschverderber-Schnauze mit viel Jewese um Nüscht und 'nem Trieb zum Partizip.
Zum Plusquamperfekt.

Jetz saach ick mal 'n Satz im Perfekt:
„Ick habe fertich!"

Miniaturen

Treffsicher

Ein Paar trifft auf einen Bekannten der Frau:

Sie: Hallo Frank!
Er: Hey Brigitte!
Sie: Ick heiße nich Brigitte!
Er: Ick bin ja ooch nich Frank!
Sie: Dit is übrijens mein Schatzi!
Er: Tach Schatzi!
Schatz: Mein Name ist nicht Schatzi!
Er: Anjenehm Nicht-Schatzi.
Sie: Und, wie jeht's so?
Er: Jo. Und selbst?
Sie: Ach, jo.
Er: Na denn, du, bis nächstens.
Sie: Dito.
Schatz: Wer war das?
Sie: Nich-Frank.

Nieswurz

Bin ick doch von sonem Nieswurz anjeniest worden, weil ick verschnieft uff Arbeit bin.
Na, da war ick ja ma gleich so richtich verschnupft und hab aber so wat von zurückjeniest, dit ick nich so verrotzt wäre, wenn letzte Woche der ach so unabkömmliche Herr Nieselpriem nich hätte trotz seiner Niesattacken unbedingt uff Arbeit komm'n müss'n.
Und überhaupt, wer is denn der Nutznießer aus dem janzen Nießbrauch? Ja, wohl doch der Nießnutz, der dit allet anjewies'n hat.
Also, wat niest mir da der Nieswurz voll?
Na denn – Prost, Jesundheit, Dankeschön,
jut'n Tach, uff Wiederseh'n.

Fraach nich!

Ej, altet Haus, wie jeht's dir? Jut?
Mir selbst? Fraach nich, mir kocht dit Blut.
Ick traf grad Liz, fraachte retour,
die nahm die Floskel total pur.
Um mir, nur mal so unter Frau'n,
ihr'n Weltschmerz um de Ohr'n zu hau'n.

Schon immer, wenn die Fraare kam,
Liz Zeit und Raum sich jerne nahm
und klaachte mit viel Ach und Jeh
vom Zieh'n im Kopp bis rin in Zeh.
Mit schmerzverzerrtem leer'n Blick
packt die dir dabei int Jenick.

Hast keene Chance dich umzudreh'n,
die hält da fest, sojar im Jeh'n.
Die is da völlich unjehemmt
und kriecht dir fast bis unter't Hemd.

Ej, weeßte wat, wie jut dit tut,
dass de mir saachst, dir jeht dit jut?
Wat ick von mir nich sag'n kann
aber wat sollt, ick bin da dran
zu lern'n, dass diese Fragerei
nüscht bringt, außer nur Jammerei.

Nu is et selbst ooch mir passiert.
Sorry, wenn's dir nich int'ressiert,
wat mir so widerfahren is
mit der dir unbekannten Liz.

Fraach lieber nich: „Wie jeht et dir?"
Vor allem nich, triffste uff mir.

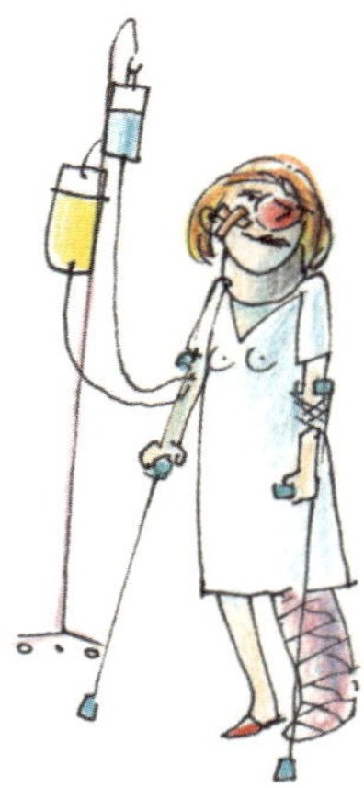

Mein Nachbar,

Herr Gökcan-Beljajew, is ausjezog'n.
'n multikulti ...
mit russisch-türkisch-persischem Ursprung,
wat so ville bedeutet wie:
„der blauäugije Weißblonde",
wat Gökcan-Beljajew besonders jeil fand,
als jebürtijer Deutscher.
Aber nu hat der dit hier nich mehr ausjehalt'n
und is ausjezogen.
Ausjewandert issa, nach Thailand.

Weil: Hier war'n ihm einfach zu ville Ausländer.

Rheinsberg

Uffm Trip nach Rheinsberg, da kam mir 'n Einfall,
dass Rheinsberg am Berch liecht, am Rhein oder Rheinfall!
Doch fand ick keen Berch, der mir hoch jenuch schien
für den Rheinfall. Der Einfall erwies sich als Spleen.
Denn Rheinsberg liecht weder am Rhein noch am Rheinfall!
So wurde mein Einfall vom Rheinfall 'n Reinfall.
Wat mir nu letztendlich arg peinlich erschien,
denn bei Rheinsberg, da plätschert keen Rhein, nur der Rhin.

Limericks

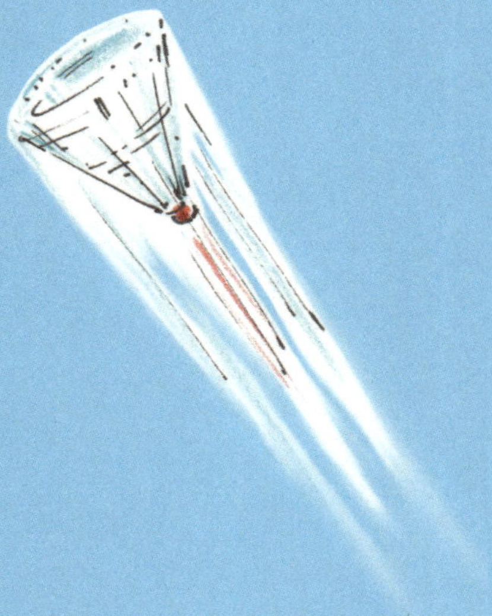

FLATTERHAFT
Hinterm Hüjel von Windischbühel,
heult 'n Engel in sein Jeflüjel.
Der hat sich verirrt und außerdem wird
ihm vom Fliejen immer speiübel.

DONNERWETTER
Beim Ausfluch am Sonntach durch Marquardt,
erfuhr ick von Edwin, dem Parkwart,
dass der stets verbittert is, wenn et jewittert,
da wird ihm immer der Quark hart.

GRÄTICH
Zwee launische Weibs'n am See, frisch
anjereist, bestellten sich Seefisch,
den se wejen de Gräten letztendlich verschmähten.
So knurrten die Mägen am Stehtisch.

UNJEREIMTET
Um mit Zeitvertreib, Zeit zu vertreiben,
wollte ick mir mal paar Limericks schreiben.
Jedoch fiel 'n jeeigneter Reim
mir uff Zeitvertreib einfach nich ein.
Trotzdem ließ ick dit Treiben nich bleiben

SCHICKSAL
Ne stämmije Schickse aus Oldenburg,
wurde ständich vom Holden nur volljemurrt.
So sucht se mit Blicken
sich 'nen freundlichen Dicken
und schickt ihr'n mageren Holden furt.

KEEN LIMERICK

Eenem Kerl aus Falkensee
erschien plötzlich eene Fee.
Diese fraachte unverhohlen:
„Darf ich Ihnen Kaffee holen?"
Druff der Kerl: „Ham Sie'n Klaps?
Ick trinke Bier und dazu Schnaps!"